中国多民族文学丛书／第六辑

风过指尖

何永飞／著

作家出版社

何永飞　白族，生于1982年，云南鹤庆人，笔名菩禅子，中国作家协会会员，中国少数民族作家学会会员，云南省纪实文学学会副会长，昆茶协文学院院长，鲁迅文学院第八期少数民族文学创作培训班学员，第八次全国青创会代表。作品曾发表于《诗刊》《人民日报》《民族文学》《诗选刊》《北京文学》《扬子江》等报刊，并入选数十种权威选本。出版诗集《四叶草》《梦无边》，长诗《茶马古道记》，散文集《生命归位》。长诗《茶马古道记》、诗集《神性滇西》分别为中国作家协会2015年度少数民族文学重点扶持作品和中国作家协会2017年度少数民族文学重点扶持作品，报告文学《奔腾的独龙江：一位老县长的生命之歌》入选中宣部、中国作家协会“时代楷模”报告文学创作项目。2017年被大理州委、州人民政府授予“白州文化名家”称号。作品曾获第二十五届全国鲁藜诗歌大奖、第十一届全国少数民族文学创作“骏马奖”等。《茶马古道记》被翻译成英文在国外出版发行。

作者近照

目　录

第一辑　忧伤的种子

第二辑　城里的月亮

第三辑　误闯的蝴蝶

第一辑 忧伤的种子

四代人的梦

曾祖父出生于19世纪90年代末，那时候
天空布满阴云，据说，他始终不愿睁开眼睛
西方列强的大炮，将中国几千年封建社会的脊梁
轰断，耻辱的碎片落进时代的心灵里，也落进
曾祖父的心灵里，他的哭声，把小山村震得
摇摇摆摆，随之摇摆的是一个腐朽的王朝
在茫茫漆黑的寒夜，在小小的火塘边
曾祖父抽着旱烟，苦闷与伤愁，飘满屋子
他曾外出几年，可没有找到梦想的火种
他走到哪里，都走不出萧条的包围，一只只魔爪
从四面八方伸过来，把日子掏空，把祖国掏空
他也想报国，而没有一道门能进去
只好带着遗憾，带着愤懑，把自己种回
村子后面的那片坡地上，风把他的头发渐渐吹白
雨在他的脸上冲出一道道河流，里面流淌着苦水
流淌着全家老小的温饱问题，桃花在房前屋后
燃烧，可感觉到一点温暖，曾祖父拿出斧头
把桃树全部砍倒，最后把自己也彻底地砍倒
他是在一个雨夜，永远睡过去的，虽然第二天

天空就变晴，阳光照到屋顶上，而他已再也看不到

爷爷出生于20世纪20年代初，那时候
太阳还没有升起，据说，他生出来时闹得很厉害
各种思潮，冲洗着新一代人的骨头，一粒挤压已久的
种子，落进爷爷的头颅，从此，他再也没能摆脱
责任与良知的呼唤和推动，他把青春抵押给战争
用鲜血兑换和平，用胸膛挡冰冷的子弹
他举起钢刀，砍碎侵略这个黑色的词
他每次寄回来的照片，都让奶奶泪如雨下
流下的眼泪，一半是甜的，一半是苦的
奶奶每晚做的梦，不是血流成河，就是大雪纷飞
而爷爷每晚做的梦，都是家乡春花烂漫的美景
可梦还没做一半，就被突来的炮弹，摧毁
当把最后一个敌人，赶出祖国领土时，他终于
长长地舒了一口气，那口气把整个季节吹暖
他的胸前，留下一道伤疤，里面藏着一个时代的记忆
他被弹片啃食过的左腿，时常隐隐作痛
可他从未对人说起，看着满院欢舞的蝴蝶
疼痛，都被拭去，他最后睡着时，很安详

父亲出生于20世纪40年代末，那时候
有一道彩虹出现在空中，据说，他没笑，也没哭
帆船在海面上行走得并不稳，也不快，时有恶浪袭击
时有船员之间相互掐脖子，好不容易竖起的旗帜在倾斜
有随时倒下的危险，无限膨胀的数字下面，压着饥饿
压着死亡，压着面黄肌瘦的梦想，谎言与欺骗，蒙住眼睛
蕴藏着智慧和力量的脑袋，被一只黑色的手

按进卑微里，按进冤屈里，按进血与泪交织的故事里
父亲幼小的生命，留下太多苦难的阴影
他一次次用小手揭开锅盖，里面只有厚厚的铁锈
在抗议，在哀哭，旁边落着，奶奶一声连一声的叹息
父亲把黑夜扔到身后，沿着黎明，来到金沙江边的
一座小城，离家近千公里，从此，乡愁也有近千公里
他搬砖头，拉钢筋，拖水泥，筑就这座小城的高度
筑就人生的高度，筑就祖国的高度，他成为村里人
敬仰的对象，追随的对象，每当广播里传出
《咱们工人有力量》的歌声，他的血液比金沙江里的水
还流得急，还流得汹涌，可这座小城的楼越来越高
他的躯体则越来越矮，最后一直矮到了泥土里

我出生在 20 世纪 80 年代初，那时候
东方的天空红彤彤的，据说，我总是吸着母亲的乳头
怎么也不肯放，从婴儿到童年，再到少年，再到青年
我都在，一边抓着幸福的尾巴，一边接受各种命运的转换
我的梦想一直都不大，只想在雨季来临前，把房屋修缮好
谁知雨季会提前来，只想把自己的路挖到春天，谁知会有
大雪覆盖，只想找一个安身之所，谁知会落为浮萍
可我不会把自卑埋在心底，不会把忧郁堵在出口
不管怎么样，歌声和欢笑声，始终是时代的主旋律
我相信，乌云只是对眼睛的一点考验，将乌云撕开
就会看到一片无边的蓝，想起曾祖父，想起爷爷
想起父亲，我觉得一切的苦，不再是苦，一切的梦
不再模糊，不再遥远，我无需去惊天，也无需去动地
只要把自己匍匐成地砖，让盲人踩着安全走过
只要把自己站立成路灯，让夜行人不迷失方向

就够了，当然，能把梦想再放大一点，那更好
天时已不早，我得继续赶路，去追逐，从曾祖父手里
从爷爷手里，从父亲手里放飞的，那只彩蝶

压　缩

把岁月压缩，母亲的白发就不会
长得那么快，把黑夜压缩，乡愁就不会
延伸到残梦里，把高楼压缩
天空就不会被刺得千疮百孔，把胃压缩
汗水就不会牺牲那么多，把心压缩
欲望就不会恣意横行，把身子压缩
骨头和肌肉，就不会被狭小的屋子
咬得疼痛难忍，最好把整个世界
都压缩，再压缩，压缩到手掌那么大
看谁还敢背叛灵魂，胡作非为

无名坟冢

一个时代的喧嚣和纷争，已经远去
一个孤魂留在深山野林，没有碑文
没有一块能抵抗狂风的石头，上面长满荒草
长满过时的爱恨情仇，长满没有温度的渴盼
有人说里面埋着一位烈士，又有人说
里面埋着一名从外乡来的乞丐
每年清明，上坟队伍都会从它旁边经过
没人给它烧过纸钱，没人给它插过一枝青柳
我在想，里面埋的会不会是上辈子的自己
不然我来到它旁边，怎么会如此躁动不安
怎么会如此伤感，怎么会如此难分难舍

生命之菊

1

埋藏三个季节的心事，在秋天的枝头吐露
蝴蝶和蜜蜂飞到童话的背后，只有落叶
在翩翩起舞，在表达蕴藏已久的爱慕之情
一场秋雨洗去所有的烦躁，一颗冰清玉洁的心
托起高远的天空，托起一个坚定不移的誓言
多少人的脚步为此放慢，为此颤抖
多少人的目光为此倾斜，为此僵硬
最终，是谁划着一阕动情的诗词，从时空过来
把绚丽的梦载走，只留下几杵清凉的钟声

2

一缕菊花的芬芳，穿透浓浓无边的夜色
串串相思撒落在空中，成为闪闪发光的星星
照耀着正从秋天另一头走来的梦中伊人
为一个无价的爱字，我已迎送过千重万卷的风雨
已把所有的秋波望断，可从没被谣言和怂恿推倒过

我始终相信生命中那位菊花一样高洁和淡雅的姑娘
一定会来到我的身边，且已经不是很远
银河再宽，都能被鹊桥连接，都能让牛郎和织女相会
现实再无奈，命运之神再刁难，只要菊开不败
心与心就无法被分开，幸福终有一天会紧紧重叠

3

生命中的复杂闹剧，往往都是我们自导自演
有的人把生命安放在权力的椅子上，而最后只剩下骂名
有的人把生命安放在阵阵掌声之间，而最后只剩下肉泥
有的人把生命安放在春天的红花上，而最后只剩下残痕
有的人把生命安放在夏天的绿叶上，而最终只剩下枯枝
有的人把生命安放在冬天的白雪上，而最终只剩下空白
我则把生命安放在秋天的一朵菊花里，舒展自如
任世界在我的宁静之外喧闹，在我的沉默之外狂笑

为父亲迁坟

在风垭口，与祖先们之间的问候
总被吹断，荒草摇摆，拉裂时光
当年，风水先生的罗盘
把你引向孤独的旅程，斜坡上
阳光抓不稳，野兔与飞鸟绕道而行
我的身子骨莫名剧痛，后来才发现
你坟头的石头又掉了下来，无数碎片
紧紧地夹在白天与黑夜转身的地方

整整二十年，世间的很多恩怨
都已腐烂，不腐烂的是你的音容笑貌
思念在泪水里发芽，在梦中
你离我很近，我想用闭眼的方式留住你
谁料，最终留住的是月光的残影
每次到你坟前，都被悔恨绑得很紧
要不是我，你不会走得那么仓促
我为你点燃一支烟，也点燃我的不安
飘落的灰烬，堵住寒流入侵的暗道

挥动锄头一定要轻，再轻，我再三告诫
怕伤到你的骨头，怕惊到你的灵魂
我的手掌，颤抖着，拂去最后一层黄土
棺材上的红色油漆依然清晰，你身上
盖的被子，穿的衣服，依然完好无损
就像在村里人心中的形象，岁月如何用刑
都美好如初，你的离开，让整个村子
疼了很久，到现在还有丝丝痛感在蔓延
你的骨头白如雪，把我的眼睛照亮
把我的生命照亮，照亮的还有那本家谱

踩着我的脊梁，在经文的指引下
你从一道门进入另一道门，你轻了许多
与我出生时的重量差不多，你放下的东西
被我全部拾起，你的脚印，垒出我的未来
我把喜鹊的歌声，跟你埋在一起
乌鸦在远处无可奈何，春风掠过
满山的花朵，簇拥在你的周围，我转身
渐渐地走向远方，渐渐地走向你

水　魂

把森林里的鸟鸣，填进大漠的耳朵
把白日里的阳光，填进黑夜的眼睛
流过的地方，长出春天
流动时，高山挡不住脚步
沉静时，狂风吹不乱心绪
有彪汉之狂野，有玉女之柔美
在时光的掌纹上，把魂儿不断磨亮

云彩是飞在空中的翅膀
病入膏肓的土地，挣脱死神的缰绳
闪电的鞭子，把干渴抽打得四分五裂
一棵小草，开启一片快乐
一朵小花，托起万重幸福
五谷的芳香，把日子养得白白胖胖

纵身跃下悬崖，最美的舞姿，定格于
一声声惊叹中，然后把肌肉和骨头的碎片
重新组装成一曲悠悠长歌，洗尽一切繁闹
一群鱼儿，从冰窟游到春池

从一页发黄的历史，游到无边敞亮的新梦想
中间吐出的气泡，镇痛一颗魂儿

有时会发怒，怒气让天地寒战
这一切，源于一双贪婪之手和一把罪恶之斧
而更多时候，总是以仁者的形象
行吟在一个个生命的门口
把怨恨不断缩短，把慈爱不断拉长

青铜镜

擦去黑暗，一个朝代亮起来
浑浊的是雕花窗子外面的世界
清澈的是藏着浓浓相思的眼眸
千万年也不生锈的月光，流入青铜镜
唤出一片锦缎般柔滑的旧梦

一缕清凉的风，遇到一滴清凉的泪
夜变得深不可测，沉甸甸的青铜镜
照出凋落的花容，照出一声长长的
叹息，照出一颗心的痴情，同时照出
另一颗心的悔恨，狗吠无法缝合宁静

在刀锋上赶路，身上沾满花香
脚下却落了一地的疼痛，来到
五百年与五百年的交叉口，生命洗净
浮华，青铜镜里外的人，融为一体

神说，魔说

神说，要把我的骨头做成笛子
每一个孔都能吹出花香，只是会很痛
魔说，可以直接给我一座花园
各种花香都有，我的目光开始倾向魔

神说，要把我的经脉拉成弦
每弹一下都能听到天籁，只是会很痛
魔说，可以直接给我一个音乐盒子
各种天籁都有，我的目光依旧倾向魔

神说，要在我的脚掌上插满尖刀
顺着崎岖的闪电，能抵达极乐世界
只是会很痛，也会很慢，甚至会很危险
魔说，可以直接给我一对翅膀
想到哪里就到哪里，我不禁开始靠近魔

神无奈地摇摇头，渐渐远去
魔得意地笑着说，得到一切之前
要把良知抵押给他，把太阳暗杀掉
我断然拒绝，转身去追赶神

忧伤的种子

埋进阳光里，温暖会冻结
埋进溪流里，浪花会瘫软
埋进泥土里，大地会荒芜
埋进梦里，夜会很漫长
握在掌心，我不知该如何是好
它的芽儿，已经发出抗议
它的出世，它的蔓延，它的进攻
能毁掉世间的红和绿，还能毁掉
天与海的蓝，云与雪的白

它的抗议更加激烈，处于爆发状态
我握着它，不敢靠近童真的孩子
不敢靠近衰弱的老人，更不敢靠近
风华正茂的年轻人，颂歌与欢笑
好不容易绽放在这个时代的枝头
我怎么忍心，让掌心的这粒忧伤
去伤害，去摧毁，我不再犹豫
把它深深地埋进自己的体内
宁愿独自黯然和毁灭

秋

秋，多愁善感的词，不敢轻易
去碰触，怕一碰触，叶就变黄
水就流瘦，石头就淌泪，夜就伸长
在落满忧伤的小道行走，快抵达
秋的心脏，便停住脚步，怕再往前
会遇到虫子的哀鸣，会遇到草木的
尸骨，会遇到囚禁于西风的冤魂
高处的枝头，挂着一个孤零零的
红柿子，那是留给生命的最后灯笼
一排大雁，飞过杜甫的草堂，飞过
李白的酒杯和扁舟，飞过王维的
塞上，飞过李清照的锦书和西楼
此时，正与秋，反方向而行，身后
天空出现诀别的裂痕，丝丝寒意
绑住蝴蝶的翅膀，梁祝对影成单
绕到明月的背后，将秋，安放在枕边
披着梦的防弹衣，趁群星争执不休
偷偷地横渡暗色，横渡世间的离愁

抗战老兵

吞过多少硝烟，吞过多少黑夜
谁也不记得，骨头始终是雪白雪白的
如果要向历史讨债，债务的数目肯定惊人
如果要向命运讨回公道，神灵也只会无语
身上刺刀留下的伤疤，是最好的爱国誓言

春花烂漫时，自己却被锁在冬天
目光能望断岁月，却始终望不断生命的谜团
有些东西，不说出来会痛，说出来会更痛
夕阳潜伏在背后，而已没有任何畏惧
躺倒下去，会压死一片仇恨，会萌发万丈朝霞

战　争

子弹，最终穿过自己的心脏和骨头
硝烟，最终摧毁自己的家园和命运

再高的荣耀，无法修复时光的废墟
再大的胜利，无法掩饰历史的创伤

两行清泪，浸湿几代人的仇恨
一弯残月，割断无数人的归路

残暴者，在血海中垂死挣扎
无辜者，在刀尖上放声大哭

点燃战火的人，最先化为灰烬
放下屠刀的人，最先走出囚房

一滴血的诉状

我本无怨无恨，用干净的红
染出歌声的亮丽，春天的妩媚
夜的黑被我驯服，冬的冷被我感化

我本居住在一个民族的胸口，守护着
岁月的宁静与欢乐，不争不抢
爱无杂色，梦无裂痕，幸福很饱满

后来，狂笑的刺刀来了，冰冷的子弹来了
我的很多同胞，流入贪婪的无底深渊
再没出来，我身上的温度，全被掠夺走

今天，我忍着剧痛，将凝固的自己砸碎
用眼泪调成墨汁，用最后的红
写下无尽的冤屈，无尽的悲伤，控告战争

慰安妇

刺鼻而恶心的腥味，从一段发黄的历史中
奔流出来，文明无颜抬头
一个时代被钉在耻辱柱上
深陷进去的眼睛，再也挤不出一滴眼泪
沟壑纵横的面容，再也挤不出一点微笑
狂妄的兽性，在泥土里已无法动弹
阳光从窗户里照进来，而埋藏着
无数个冬天的心灵，已感觉不到温暖

看着一张张冰冷的黑白照片，悲情和愤怒
猛然扑向那段挥之不去的记忆，真想掘地三尺
把罪恶的骨头挖出来，狠狠地鞭打，再鞭打
可被夺去的花样年华，已无处可寻
一只白鸽背着蓝天，从一个世纪飞进
另一个世纪，炮火遗留下来的弹片
以及浓烟，让一群人，让一个民族
感到隐痛，感到不安，感到责任很重

风过指尖

所有的温度，淹死在一滴泪里
上帝把最后一道门，关得严严实实的
一片落叶，带走脸上的笑容
长长的河流，是谁留给大地的伤口

路人在追赶黑夜，最终却被黑夜追赶
婴儿的啼哭，被死神发现
将其紧紧地拽在手里，使劲往西边拉
老者闭上眼睛，猫头鹰拍翅欢呼

枪口对着太阳的脑门，光明与善良
被一只怎么也擦不亮的乌鸦出卖
一棵大树从山上逃下来，把根系
伸进村庄，盗取祖先们留下的家谱

风，是风，的确是风，它翻过指尖
把时光篡改，让人们看到的，都是假象
当风再次翻过指尖，我将其抓住
关进铁笼中，一切又恢复原来的模样

戒

从今天开始，我要给生命画一个圈
戒掉对抗喧闹的行为，习惯把清静
埋进骨子里，戒掉好奇心，习惯做边缘人
戒掉对太阳的尊崇，其实月亮和星星都很美
戒掉对黑夜的畏惧，其实光明一直都在周围
戒掉疼痛的思念，戒掉一切虚无的梦
让睡眠不再成为流浪汉，戒掉对春花的痴迷
还夏叶秋风冬雪一个公正的待遇，戒掉女色
把爱情装在净瓶中，戒掉听带刺的掌声
回到幕后舔舐流血的伤口，享受孤独的大餐
如果可以，我要戒掉所有的爱，戒掉所有的恨
岁月把我踩在脚底，我依然把岁月举过头顶
别人笑我白痴，我笑别人聪明
别人大声地笑，我却偷偷地笑
最好我把笑也戒掉，那样哭就不会向我靠拢

拯　救

蓝天被乌云囚禁，有阳光来拯救
大地被寒冰冻结，有春天来拯救
微笑被泪水泡烂，无人能拯救
幸福溺亡在黄昏的伤愁里

河流的美梦被截断，有雨季来拯救
飞鸟的歌声被拦截，有黎明来拯救
心灵的亮光被掐灭，无人能拯救
希望困死在黑夜的咒语里

落进别人的陷阱里，有善良的人来拯救
落进魔鬼的圈套里，有万能的神来拯救
落进自己的罪孽里，无人能拯救
呼救卡死在自己的喉咙里

饮 云

站在山顶，采一片绿叶，做成杯子
提着天空，把白云倒进去
一饮而尽，俗尘纷纷脱落

捡几粒鸟鸣，再倒一杯白云
一同灌进肠胃，仙风道骨在体内夺位
一条大江在腰间飘动，群山在脚底臣服

乘着清风，再饮一杯白云
天地在掌心合二为一，打开歌喉
时光以最美的姿态，停落在音符中

一阵咕噜响，饥饿又挥旗占领生命的高地
睁开眼睛，梦幻碎裂，自己从云端
跌落回人间，在一团团烟火里挣扎

独对一杯红酒

杯子里斟满夜色，斟满思念
透过红色的光晕，长长的目光
拴住记忆里的微笑和歌声
可怎么也拴不住转过去的身影
双手颤抖，端起杯子，又放下
只怕饮下就再也等不到她回来

头顶的月亮圆圆缺缺，缺缺圆圆
心中的梦，始终开着一个口子
寒风和热风都进来过，又都出去了
不想留住，风会偷走杯子里的秘密
以及只讲给她听的故事

再次端起杯子，放到唇边，看见
熟悉的清香和久违的浪漫，紧紧相抱
还看见，她静静地站在离别的路口
弯腰捡起一片揉皱的月光，发现
杯子里的红色液体，一滴不剩

祭一条名叫星星的狗

你是家中的一员
你在，沉闷的空气会沸腾
你的眼眸里，我看到走散的善良
你犹如星星，很渺小，但你一出现
黑夜就惊恐不安，邪恶
仓皇而逃，你守护着美梦
诱惑无法勾引你的信念
抱着你，怀里充满春天的气息
每次相别，都不忍心多看你一眼
你对我的眷恋，我对你的牵挂
拧在一起，时光老人难以解开

你走了，这是最不愿听到的消息
把异乡的阳光撞碎，乌云压在心头
双手撕开黑夜，依然找不到你
你怎么不停一停，怎么走得那么快
我想再抱抱你，陪陪你，再与你叙叙旧
你这一走，何时才相聚，等我重归故里
走进门，谁还会用小尾巴迎接我

谁还会用红舌头，舔去我的疲惫和忧伤
有人在敲门，肯定是你来找我
急忙奔去，门外空空的，一阵冷风
吹进来，把我很凉的心吹得更凉

冷空气南下

天气预报说，今晚冷空气将南下
我的心颤抖，随即向北奔去
此时，冷空气正经过我北方的村庄
那里有我放牧过的牛羊，有我亲手栽种的花草
有我偷偷挂在苹果树上的爱情誓言，最重要的
还有我被生活的苦难，折磨得越来越矮的母亲
我要把冷空气，赶出村庄
用体温，把冻结的梦解开
我还要守在村口，不让冷空气入侵

哭姑奶

你离去，眼前的景象冰凉冰凉的
心寒战，身置遥远的他乡，我没能看你
最后一眼，无尽的哀思，为你点燃一盏灯
你曾经把存放很久的一点儿油都倒进菜里
怕我吃不好，而你一个人苦咽寡淡的日子
你知道吗，当时我是含着眼泪吃下你夹给我的菜
那泪水的甜味儿，如今还留在我的心窝
你无数次站在风雨中，打探我们兄弟姊妹几个
是否过得安好，是否找到幸福的归宿
你曾说，只要我们吃饱穿暖，都有个着落
你就死也瞑目，你知道吗，为不让你失望
我每天都告诫自己，要坚强和快乐地活着
而你却走了，永远地走了，以后还有谁
为我牵肠挂肚，为我跪在神灵前祈祷平安
等下次回去，站在门口的大柿子树下
高喊“姑奶”时，里面还有谁应答我，还有谁
拉着我的手，急切地对我问这问那，没了
再也没有人了，呜——呜——呜——

今晚，独自在澜沧江边

不远处，有灯红酒绿，有走调的歌声
有成双成对的亲密恋人，而我都不羡慕
手伸进温和的江水里，摸出
一个心形的鹅卵石，这是哪座高山
被岁月冲走的情书，以致错失一段情缘

江上的轮船，载着五彩的灯光
振臂高呼，又怕惊扰鱼儿的美梦
只好静望流水，把对爱人的思念，拉得很长

时间已很晚，月亮还没来，也许就在
澜沧江的另一头，等待谁划着竹排去迎接
掀开黑夜的一角，看见澜沧江紧紧地
抱着高原，满天星星，怎么也拉不开
我收回偷窥欲，不忍心看到大海痛哭

豆腐西施

细腰，春天的姿态，脸颊和双手
白嫩嫩的，眼睛和笑容，水灵灵的
菜场等于御花园，店铺等于闺房
把美称足，从不下厨的男人们，别有所图
提着菜篮，纷至沓来，胸口掏出的不是钱
是一颗颗滚烫的心，望着豆腐，馋涎欲滴
刀子轻轻地划下去，温柔的疼，幸福的疼
让男人们，有一种前所未有的满足

六月，我心飞翔

时光举起禁令牌，邪恶统统往后退
我的心，冲破黑暗的地牢，重获自由
白云把天空擦拭得很干净，乌鸦的翅膀
被雷电劈断，冰冷的子弹无处藏身
我载着一首清纯的诗歌，飞向高空
开启六月的快乐之门，美梦之门

每一片绿叶都是一个童话，读着读着
一棵老树热泪涟涟，一只红蜻蜓
飞来又飞去，飞去又飞来，往返无数次
终于在一个阳光明媚的午后，逗笑一朵荷花
我的心，在六月的枝头，被幸福彻底灌醉

一声声蝉鸣，把忧伤赶到六月的背后
眼睛里填满彩光，耳朵里填满欢歌
鼻孔里填满芳香，血管里填满激情

六月的蓝天，我的心，任意飞翔
不受任何章法的限制，不受任何言语的摆布

俯冲而下，把河流拉进茫茫沙漠里
扶摇直上，把陨石甩到地球家园外
平缓前行，把走散多年的兄弟姐妹拉在一起

六月的白昼再长，也会有天黑时
没关系，我的心里，早就住着一只萤火虫
可以继续在夜空中飞翔，为过往的行人照明

面对这个世界

不习惯给人生涂各种粉末
我很笨拙，很土，很俗气
只想原模原样地展示自己
天在上，地在下，我在中间
不缓不急地前行，遇风吃风，遇雨喝雨
我的微笑，常被冻在别人冰冷的眼神里
我的自信，常在各种阴谋里化成碎片
我的汗水，常被诱导进别人的田地里
我起初很生气，很愤怒，也很怨恨
可最后我都消停了，都放下了
丢了就丢了，没了就没了
有善良的种子还在心里，就能长出快乐
就能长出幸福，哪天，世界真的倾斜
我依旧会保持笔直的姿态，任行云流水
在头顶，或脚下，说三道四

深入彝人古镇

翻开古镇的封面，一场细雨纷扬而落
这是来自彝家大碗里的美酒和情意
这是一个热情民族独特的欢迎辞

深入古镇，深入彝胞的生活内核
我的脚步始终很轻，始终很慢
惟恐惊醒一个古老的梦，以及错失
追寻千年的良缘而再孤寂一世

一双绣花鞋，绽放着彝家艳丽的春天
一座古城楼，回荡着激昂的英雄凯歌
一把三弦琴，流传着不老的爱情故事

熊熊火把，点燃不眠之夜
心头积压的世间沧桑和苦楚
被欢快的歌声烧成灰烬
手牵手，心连心，彝家的左脚舞
每一脚都把幸福踩得很响，很亮

岁月的公正

树叶黄了，落了，阳光无法抵挡
鸟儿飞了，死了，天空无法挽留

青春枯了，远了，艳妆无法遮掩
生命老了，没了，神灵无法拯救

名利填满虚荣心，却填不满脸上的皱褶
钱财换来金装，却换不来全新的器官

岁月是公正的，你有多少也终将要还回去
你多么有能耐，也逃不过它的追捕

为一只虾祷告

你被人们的贪欲捕获，大海母亲的
呼唤，永远搁浅在海滩上
在一口透明的水晶锅里，你使劲地蹦跳
下面的烈火收买了锅里的水，将死亡
慢慢传播过来，你蹦跳的幅度越来越小
我闭着眼睛，为你祷告，愿奇迹能够发生
愿你能够逃离厄运，愿你能够重获自由
我的祷告最终败给一阵喧哗
我睁开眼睛，你已经不再蹦跳，一股诱人的
香味，从你的体内散发出来
紧紧地抓住我的胃，我口水泛滥
吃，还是不吃；不吃，还是吃
欲望与善良，在激烈抗战
在朋友的鼓动和助推下，我的善良被击倒
我拿起筷子，颤抖着把你吃下
我的罪过无处可逃，我继续祷告
愿下辈子你做人，我做虾
你想怎么吃就怎么吃，我都依你

心若莲花

任淤泥图谋不轨，任浑水毁誉诽谤
生命开在佛心禅音里，不羡慕把根扎在
名贵里的花草，不羡慕把枝丫伸进掌声里的大树
大千世界，自己要的不多，几缕阳光
几滴甘露，足矣，没有宏图大志，没有野心
没想过不朽，只想受佛的点化，修成正果
把滚滚浓烟吞进肚子，然后吐出丝丝清香
把苦难、罪孽、怨恨，统统扫除，让人们
在自己的肌肤上，手拉手，纵情歌舞
“贪嗔痴灭，心则清净，若心清净，所在之处
皆为净土，其心若不净，皆是秽土”，佛劝诫众生
信徒们如梦初醒，卸下身外之物，跳入净池

善男信女

丢开红尘琐事，收起私心杂念，把世俗
留在寺门外，把生命交给佛的意旨
点燃红烛，照亮人生的漆黑通道
香火把灵魂抬得很高，很高
下跪，磕头，苦恼和困惑在佛心融化
欢乐和幸福在指尖绽放，善与恶之间
只隔着一层纸，可很多人看不透
要么在中间徘徊，要么在边缘迷茫
佛光的穿透力无限，在其面前
善者不会被覆盖，恶者不会被纵容
祈求，悔过，赎罪，打开一扇朝阳的窗子
“放下即得到，掏空即盈满”，佛对众生说
很多人听而不闻，只被善男信女捡起
放进心窝，带回家，长出一茬一茬好运

禅师肩膀上的白鸽

背后没有黑色的枪口，禅师的肩膀很平
吉祥的音符，不会滑进邪魔的血盆大口
双脚弹跳，啄食禅师手心里的米粒
食过，白鸽似乎已悟道成佛，翅膀扑腾一下
天上飘来五彩祥云，它张嘴鸣叫
喧嚣的世界宁静下来，仇恨陨落
“无挂碍故，无有恐怖，远离颠倒梦想，究竟涅槃”
一片洁白的羽毛上如是写道，点醒众多灵魂
从禅师的肩膀飞到庙宇的屋顶，一道优美的弧线
架在空中，一个个生命从地狱走向极乐世界

放生池里的鱼儿

曾经不小心游进阴谋，游进美丽的谎言
差点成为人们的口中食，佛光灵现
劈开一道出口，回归自由的世界
乐游在诵经念佛声中，不时地在水面
冒出一句句空妙的禅语，破解人们心头的谜题
“放别人一条生路，就是放自己一条生路
给别人设计的圈套，最后将套在自己的脖子上”
放生池里修行多年的鱼儿对围观者说
围观者立即双手合十，默念“南无阿弥陀佛”
屠刀落地，断为两截，渔网化为灰烬
时代的头顶，绽放出一片圣洁的莲花

观音菩萨手中的柳枝

人间的疾苦尽收眼底，青青柳枝是轻舟
渡众生过苦海，慈眉善目感化邪念
柳枝飘过，甘露渗入人心，枯败的笑容
重新绽放，破碎的梦想被黏合，荒芜的生命
再度焕发青春，观音菩萨不居住在神话里
心存一丝善念，她就会出现在我们身边
“诸恶莫作，众善奉行，阿弥陀佛，善哉，善哉”
观音菩萨言毕即隐去，虔诚者，蓦然回首
发现自己的指尖也持着柳枝
走向另一片苦海边，解开更多人罪孽的枷锁

不老的寺庙，不绝的钟声

人会老去，树木会老去，时光也会老去
而寺庙不会老去，因为佛光在普照
河水会绝流，烈火会绝灭，生命也会归去
而钟声不会绝音，因为太阳每天都会升起
在黑夜中沉睡的心灵，需要被唤醒，被振奋
钟声响起，群山奔跑，峡谷舞动
天与地紧相连，神灵聚集在人间
钟声立在季节的渡口处，鸟语花香扑鼻而来
钟声埋进生活里，惊散各路妖魔和各种灾难
“一片石即一座佛，一座佛又即一片石，无非是一片心”
禅师品一口清茶说道，把一座大钟挂在来者心上

阳春三月

最后一片寒意，被燕子的尾巴
剪碎，流水一路欢唱
不小心泄露桃花粉红的心事
布谷鸟把耕种的消息，吊挂在
每家农户的屋檐下

一团春泥，孕育着一个美梦
一包绿芽，潜伏着一串金果
春风的纤手，轻轻一挥
冰冻一个冬天的万物，昂首
以百米冲刺的速度向前奔跑

俊俏的姑娘用针穿起阳光，织就
一片片绚丽多彩的情思和憧憬
每一针下去都刺痛对面痴情郎的心
这种痛，藏着无尽的幸福

相约金殿

穿过一摞厚厚的历史
抵达一个落满是非的故事边缘
我不是来追寻仙风道骨
我是来与一名千古绝美的女子约会
当然，我不是那位冲冠一怒的枭雄
更不是图谋不轨和心怀恶念的那两名野心人
我也不是为美色而来，我也不想以公子哥的
身份（何况我本不是），用苦思冥想出来的诗词
钓取一颗超凡脱俗的芳心，我只想与她
相依偎在尘世之外，把烽火炙烤出来的
名利和权势，统统丢进岁月的无底黑洞
把清风和月光倒进杯中共饮，醉意涌起时
双双起舞，让躲在暗处的帝王将相们
垂涎三尺，心生妒忌，追悔莫及
最后让他们在一滴苦泪里，垂死挣扎
而我与她，则把是非清扫得干干净净
携手走进故事的中心，精心修复
还她一个圆圆满满的结局

一场雪落进心里

这是在时空中徘徊数千年的一场雪
她不敢飘落，怕误入一段浅薄的尘缘
季节枯萎过无数次，一串歪歪扭扭的
脚印，雨水怎么也无法纠正
一颗心，逃到世俗之外，等待一片圣洁的白
把蒙受的屈辱，深深覆盖

这是一场温暖的雪，她的每一朵泪花
都是幸福的印章，往心上一盖
一个死去多年的生命，重新站起
一个冰冻多年的美梦，重新绽放
谁也不知道，一场雪对一颗心的重要性
雪融化时，一个传奇悄然冒出

一根木头

笔直，粗壮，实心，挥向它的斧头，掉了
好几颗牙，扛着它的肩膀，脱了好几层皮
它倒下，落了一地岁月的叹息
风吹三年，才把它体内的水分，全部搬走
根被留在土里，枝叶有的腐烂，有的变为灰烬
而灵魂，一直紧紧地吸附在最内的圆圈里
那是大自然的子宫，是生命的发源地

早晨，它的上半部分，被做成一张婴儿床
中午，它的中间部分，被做成几件结婚家具
傍晚，它的下半部分，被做成一口大棺材
从此，没人再认出，它原来的模样
夜深人静，它把自己躯体的三个部分
悄悄地聚拢，以致人们的梦里，总是轮番出现
生与死的画面，以及或悲或喜的哭声与笑声

一位母亲的葬礼

三个儿子，从怀中飞走
一间破旧的屋子，只剩下
你矮瘦的身影，干瘪的乳房，以及
被西风戳破好多孔的期待，听人说
小儿子在城里娶了一位花枝招展的姑娘
二儿子在镇上的一所学校里当校长
大儿子正准备携妻带儿移民国外
你白天在村里人面前，露出开心和得意的表情
夜晚，你的泪水把所有的梦都冲垮

每一次日落，都把你的心割得很痛
丈夫离世得早，你用屈辱、艰辛、信念
把三个儿子喂养大，让他们踩着自己的脊背
一步一步走出深山，攀登到人生梦想的巅峰
曾经的生活，不管多苦，你都伸长脖子咽下
如今，被掏空的生命，没人帮你填充
你的要求不高，只想再看一眼孩子们
只想再听一句温暖的问候，甚至冰冷的抱怨也行
可这些，都遥不可及，都落在季节之外

你依旧没有责怪他们，还为他们找各种借口

一天，你拿着锄头，使出全身的力气，在后山
挖了一个大坑，然后喝下一瓶农药，躺在里面
没有花圈，只有落叶纷纷飘下来，像悼词
没有哀哭，只有北风呼呼地在吹，像控诉
你的灵魂升到空中，停落在一朵白云上
你往下看，三只野狗在拼命地啃食你的尸体
来迎接的神灵告诉你，那三只野狗
是你的三个儿子，你为此，非但没有难过
反而感到很欣慰，感到很幸福，你笑着说
就让他们吃吧，多吃点儿，只要他们不饿着
自己到哪里都放心，都可以多待一会儿

一种白

一种白，有无数种想象
可以想象成墙面，可以想象成纸张
可以想象成云朵，可以想象成心灵
甚至，可以想象成女人的乳房
想象完就赶紧收场，千万别说出来
一旦说出来，整个天空就会变黑

一种白，落进眼睛，会把五脏六腑
搅乱，落进掌心，会把世界搅乱
谁说白是单调的冷色，它轻轻地摇摆
所有的色彩，所有的火焰
都会在一秒钟之内聚集过来

一种白，流动是在起舞，凝固是在沉思
最好别轻易去碰触，为了生命的纯净
也为了岁月的静美，切记，切记

忆一位故友

时光不知从指间流走多少
我一次次抬起手，又一次次放下
还没落笔，泪水就首先滴湿稿纸
曾经的欢谈声，依旧在耳畔萦绕
只是不见了一个熟悉的身影
一个故事就此中断，留下
再也无法弥补的缺口

站在没有一棵树的荒岭上
面对一堆垒得不算高的黄土
我想高呼，可嘴怎么也张不开
北风从身边呼啸而过，不留一丝痕迹
低头，发现一只蚂蚁从坟头爬出来
我紧跟其后，它到哪里
我就到哪里，可最后还是跟丢了

有这么一棵树

它知道季节太多的隐私，以致
天空不敢再接纳，秋风将它使劲往下摁
枝干上挂着的鸟鸣声，被踢翻打烂
白雪覆盖不了它的委屈和冤情，它开始
掉头，逆着生长，把绿芽藏在干枯的皮肤下
都以为它已死去，雷电来劈，它忍着痛
寒鸦来辱骂，它忍着怒，前一年的时光
被后一年的时光撵到深谷，包括一些恩怨
它从季节的背后，绕到泥土的心窝里
静静地看着，一阵风与另一阵风，为残阳
在头顶打得不可开交，它用最后一滴泪
洗掉过去，笑着再次敲响春天的大门

在抚仙湖边想恋人

夏日中午，独坐抚仙湖边
鸟影归到时光的幕后
我的思念从一块火辣辣的石头中
蹦出，跳进湛蓝的湖里
这是一种幸福的归宿
这湖太像恋人的眼眸
微风画出一圈圈涟漪
那涟漪是我和恋人前世的约定
如今我们是在彼此包围
天下的湖无数，可没有一个湖
能像抚仙湖这样让我醉情
世间的女子无数，可没有一个女子
能像恋人那样，让我日思夜想
我把抚仙湖装进手机，发给恋人
随即就收到恋人的一个香吻

我写黑暗，可我的心是明亮的

我写黑暗，可我的心是明亮的
我写冬天，可我的体内埋着春天
我写邪恶，可我只与正义同行
我写苦难，可我没停止追求幸福
我写灾害，可我无时不在求佛保佑
我写疼痛，可我从未熄灭理想
我写悲剧，可我一直想上演喜剧
我的诗句，不想做时代的装饰品
只想搭建一座桥，让落魄的灵魂
从此岸走到彼岸，安乐地生活
只想去填补陷阱，只想去抚平伤口
我被烧成灰，也会堆积成一句祝福
撒向我爱的人和爱我的人
也撒向我恨的人和恨我的人

空

瓶子是空的，琼浆被风吮吸干净
树林是空的，鸟鸣声倒在枪口下
河流是空的，鱼儿被诱饵拐骗走
夜晚是空的，美梦误入一段谎言
街道是空的，流浪汉不知去向

低头看，真正空的是自己的心
把太阳装进心里，害怕被灼伤
把月亮装进心里，害怕被冻坏
只好继续让心空着，进来的挡不住
出去的也留不住，空，兴许是另一种满

一片秋叶

春天时的肥美，夏天时的葱绿
都被一阵狂野的西风扫除干净
瘦弱的身体在瘦弱的枝头
被奔忙的时光撞得摇摇摆摆
南飞的大雁，一串悲凉的音符

随着一根无形鞭子的扬起和落下
生命完全脱离支点，背负着天空
开始往下飘，飘，飘，飘……
不知是神，还是自己的魂儿
在高喊，不能往下，不能往下
要往上，往上，往上，往上……
也想抗争，也想飞到传说中的天堂
可翅膀越来越短，天空越来越沉重
只有把双耳堵住，坦然地
继续往下飘，飘，飘，飘……

疲惫的身子，静静地躺在一撮泥土里
亲切如初，温暖如初

所有的失落、惆怅，以及不甘心
都被覆盖，都在黑暗里腐烂
一芽新梦，在秋天的背后悄然破壳
点亮每一个路口的灯盏

悼念朵朵

秋雨绵绵，湿透浓浓夜色
在梦里，你欢快地向我跑来
用舌头舔我的手心，把你举过头顶
阳光给你梳理被风吹乱的毛
草地上，我和你追着一对彩蝶
醒来，去窝里看你，你保持着
平常的睡姿，只是你没再抬头望我

秋雨哗哗，呼唤远去的生命
你冰凉的身子，僵硬的四肢
让本来就有点冷的清晨变得更冷
你与我相伴三天，情却长如三千年
若不是我忙于生计，早点送你去医院
你就不会这么快归去，悔与恨
注定要把我的心，囚禁一辈子

秋雨静静，季节只留下滴血的声音
挖开尘世的喧嚣，把你轻轻地
放进泥土的宁静中，没有墓碑

谁也不知道，叫朵朵的小狗
埋在此处，听到熟悉的动静
我跑出去，没见你，只见一滴秋雨
正扑向树枝，砸落最后一片绿叶

面对地震，我愿意

面对家园的一片废墟，我愿意相信
这仅仅只是一个可怕的梦，等梦醒
一切的美好，依然停落在日子的枝头
可眼前是可摸可触的事实，我的诗笺
被泪水湿透，我的心开始出现裂痕

面对离去的同胞，我愿意相信
他们仅仅只是出一趟远门，终有一天
还会回到自己的家乡，在祖先的脚印里行走
可现在没人能告诉我，他们还会回来
不知点燃我的骨头，能否照亮他们今晚的路程

面对脸上刻满哀情的兄弟姐妹，以及
老人和孩子，我有千言万语想去安慰
可最终一句话都说不出来，在黑夜的边缘
我只愿与他们贴身，静静地坐在一起

假如上天能收回旨意，不让震魔下界
我愿意为此长跪不起，为天下亲人念经祈福

擦洗心灵

不管被生活追赶得多紧，我都会抽出时间
坐在阳光的浴池边，忍着不舍，忍着疼痛
掏出心灵，一遍接一遍，再接一遍，使劲擦洗
我从而错过了花开的季节，错过了鸟鸣的
时辰，还错过了宫殿大门敞开的期限
可我不悲伤，至少还有一片纯洁，属于自己

有一些黑色的词，如自私，如贪欲，如恶念
常常靠近我的心灵，它们喜欢攀亲带故
喜欢软施硬磨，就想落在上面，繁衍罪孽
它们只有一个目的，想把我彻底推进
地狱的深渊，万劫不复，它们不曾想到
我早有防备，早就做好战斗的准备，用正气
摧毁它们的阴谋，用善良挡住它们的进攻

我不需要高楼大厦，不需要埋伏着陷阱的
掌声与喝彩，走出滚滚人流，我把嘈杂
远远地丢到后面，回到自己的小木屋，打一桶

洁白的月光，继续擦洗心灵，使劲擦洗
一遍接一遍，再接一遍，把不小心沾染的污点
擦洗得了无痕迹，然后我发现，黑夜变白了

飞不出一朵马樱花

这是一次美丽的误闯，我的翅膀
与她的花蕊拥抱，抱出满眼春色
心怀忌恨的虫子，在脚底无可奈何
它咬断阳光，我依然
在这朵马樱花里，笑得很灿烂

季节转身，我也坚守在她的怀里
把生死置之度外，用自己的血液
滋养她的容颜，让岁月的利剑
在爱神面前断成两截，当后人发现时
我的肉身之躯已经腐烂，而灵魂
还在一股千年不散的芳香里飞舞

别问这朵马樱花在哪里，也别问
这朵马樱花有多漂亮，这些都是
我珍藏在心底的秘密，你若问我
为何对她爱得如此之深，我可以回答
因为这朵马樱花是我前世走散的咪依噜①

① 咪依噜：像马樱花一样美丽的姑娘。

咪依噜的小花篮

咪依噜，你是否知道，你的小花篮
就像一个魔咒，让我的心无路可逃
你踏着白云，群山臣服在你的脚下
比群山更臣服的是我这名异族男子

咪依噜，你一张口，花香就从你的舌尖
流溢出来，山坡上的树木痴痴地望着你
比树木更痴的依然是我这名异族男子
长长的涧水，是我从生命里抽出的琴弦
每一声都是我深情的表白和渴望

咪依噜，蓝天很大，可大不过你的小花篮
峡谷很深，可深不过你的小花篮
飞进你小花篮里的鸟儿，再也别想出来
落进你小花篮里的我，也出不来，也没想出来

咪依噜，我愿把自己的骨头拆散，编织成
你背上的小花篮，那样我就可以紧紧地
贴着你，把整个春天都装在里面

牧　云

飞机把我举到白云之上，一片蓝
在掌心融化，流进体内，把骨头
洗亮，洗轻，高山矮成平地
大河，姑娘不小心掉落的绣花线

白云踩着一座座村庄和城市，奔跑
我则成为牧云人，把她们赶到龟裂的
土地之上，赶到荒凉的心灵之中
我非神，我只是一名把神举过头顶的
苦行僧，愿将人间的苦难，一饮而尽

我继续赶着白云，把眼泪洒向沙漠
把头颅挂在风口，远处似乎是极乐世界
可我怎么也无法靠近，飞机颠簸了一下
我被甩到理想之外，周围的人
一点都没发现我的惊悸和失落

走下飞机，白云都不知去向
我犹如一片被遗弃的乌云，被生活
追赶得忘记了归期，忘记了归途

从黑到白

沉默，我从一片黑到另一片黑
寻找白光，我踩烂过无数阴谋
用善良，裹住躯体和灵魂
在时间的刀锋上行走，黑色的虫子
闻到血的香味，从贪念里爬出来
在我的骨头上，留下丑陋的齿痕

忍着疼痛，忍着耻辱，向着白光
继续在时间的刀锋上行走，遇到高山
我取出骨头，使劲地磨，遇到大海
我取出骨头，使劲地洗，后来
我瘦成一根针，很亮，很亮
扎进黑夜的死穴，白昼又回到
大地的怀抱，扎进寒霜的死穴
花香又回到季节的指尖

针尖对着刀锋，我继续行走
越走越小，最后只剩下一个白点
落进泥土，照亮虫子的歌声

看见海男姐姐在笑

透过密密麻麻的人群，以及漆黑的世俗
我看见你对着众生朝拜，以忧伤的姿态
也对着鬼神朝拜，以忧伤的姿态
你的忧伤，让欢乐者感到不安，甚至恐惧
你的忧伤，放牧着满山遍野的花朵
她们或红，或紫，或蓝，或白，或橙
拼命逃离虚伪的赞词，为季节缝合伤口

我从一个角落里，看到你在另一个角落里
忧伤地笑，你的笑没有一点杂色，你一笑
黄昏就流泪，魔咒就解除，死亡就变妖娆
你的笑，能淹死喧嚣，能抚平灵魂的裂痕
看着你笑，我体内的那只野兽，狂奔不停
你的忧伤，你的笑，是经过千年修炼而得
天黑下来的时候，她们变得格外的亮
姐姐，如果可以，我要活在你忧伤的笑里

遇谷禾

期待，一直拖到春天的背后
拖到牟定的化佛山，苍天大树
貌似我们前世立下的路碑，以防
在尘世走失，在华圣寺门口
我们不谈苦难，不谈佛法，不谈诗歌
只把手紧紧相握，天空的蓝，倾泻下来
萎缩的阳光，舒展开来，面对一桌农家菜
我们说起饥饿，说起童年，说起远方
没在人生的底板，涂上虚伪的色彩

我想掐灭光

请先不要给我戴上罪人的高帽
我想掐灭光，实属万不得已
黑色的枪口，在对着一只吃草的梅花鹿
冰冷的斧头，在挥向一棵粗壮的树
贪婪的双手，在伸向一朵艳丽的花
欲望膨胀的男子，在盯着少女凸起的乳房
嗜血成性的恶魔，在靠近阳光下的婴儿床
我想立刻掐灭光，让善良的生命逃过劫难
让邪恶和危机，在黑暗中迷失方向
走向消亡，如果光明和温暖，从此不再有
我就点燃自己的骨头，以此来赎罪

骨头先醒来

眼睛还在睡，耳朵还在睡
鼻子还在睡，肌肉和皮肤还在睡
只有骨头偷偷地醒来，在黑夜的磨石上
来回地磨，磨瘦黑夜，磨亮自己
最终把软弱磨成刚硬，把噩梦磨成美梦

先醒来的骨头，直如剑，刺破魔鬼的狂笑
弯如弓，射穿生命的假面具，及虚伪的掌声
它还可以在直与弯之间，翻天覆地

归入泥土，醒来的眼睛又睡去
醒来的耳朵又睡去，醒来的鼻子又睡去
醒来的肌肉和皮肤也跟着睡去
而最先醒来的骨头，依旧还醒着
时间发黄发黑，它还白如雪

小侄子

你迟迟不肯从肚子里出来，那里没有欺骗
没有凄风苦雨，是手术刀把你带到人间
你的笑，是用很多泪水换来的，你比一般婴儿
长得快，莫非被黑夜追赶得太急

有些东西，你还没得到，就已经失去
你只看到一半太阳，另一半是黑的
你看不到也罢，罪恶本来就应该彻底铲除
思诺，是我给你取的名字，诺字值千金
守护好这个字，你要天就有天，要地就有地

何时何地，都不要让别人往自己的身上
吐唾液，否则名字会比肉身腐烂得更早

修天堂

我拆掉自己的骨架，割下自己的肉
我挤出自己的微笑，掏出自己的心
我耗尽自己的生命，提着自己的魂
给他人修天堂，修着修着，竟然修成
自己的地狱，而我始终无怨无悔

以诗歌的名义悼念陈强

蹚过黑夜就能抵达全新的黎明，就能与阳光相遇
可你的生命倒在黑夜的岸边，终究没能
过到对岸，你跟着一颗流星去了另外一个世界
从此，哈尼梯田里又少了一位诗人的身影
今晚的气温有点低，我手捧一本《诗红河》
感觉有一股温暖，在身子的上下和内外，流窜
在灯红酒绿之外，我把你生前的权力和地位
一笔删除，以诗歌的名义跟你说说话
我和你没见过，也没联系过，但我们并不陌生
因为诗歌是我们共同的出发点和归宿点
拥有诗歌的人是不幸的，也是幸福的
拥有诗歌的人是贫穷的，也是富有的
时代的天平上，诗人可能很轻
社会的阶梯上，诗人可能很低
而这些都不是我们计较的，我们计较的是
正义是否还有舞台，良知是否还有出口
精神是否还有支点，灵魂是否还有归处
我把喧嚣关在门外，轻轻地翻开《诗红河》
发现你并没有走远，而是以一句诗的方式活在里面

观世音

1

从一粒善良的种子出发，到苦难的人间
五彩的祥云丢在天上，踩着或隐或现的刀尖
行走，一路捡拾疼痛，捡拾悲情，捡拾罪孽
身后簇拥着花朵，簇拥着欢声，簇拥着阳光
天亮时，你在赶路；天黑时，你也在赶路
需要消除的灾难，需要度化的众生，实在太多
魔鬼惧怕你，百姓喜欢你，有你在的地方
冬天就会破裂，苦海就会枯竭

2

你把尊称留在神话里，把空壳留在庙宇里
唯独把真身毫不保留地显现，堵在黑夜的入口处
手持柳枝，唤醒被欲望灌醉的灵魂
净瓶中的甘露，只要一滴，就把天空擦亮
就把地狱从众生的心中清洗掉
在你面前，达官与平民，无任何区别

等级、角色、类别，都被一一填平
你把苦难，赶进自己的咒语里

3

每个人都有佛性，只是容易被私心毁灭
总以为小聪明能逃过天眼的监视
总以为后窗能通往天国，把善踩在脚底
把恶高举在头顶，对雷电的警告不屑一顾
毒药与良药，披着同一件衣裳
它们唯一的差别是制作动机
看着一个个鲜活的生命，站在万丈悬崖边
你无法坐视不管，用慈悲为他们赎罪
你的笑容，让冰冷的钢刀化为一摊柔水

4

一只蝼蚁，从卑微的故事里爬出来
一只狮子，从悲壮的传奇里扑出来
停落在你的掌心，你喂它们经书
经书里有平等，有良善，有仁爱
后来，蝼蚁有狮子的威姿
狮子有蝼蚁的谦卑，在大自然的怀抱
它们从不相互攻击，安分地守着自己的疆土
繁衍着自己的后代，以及天地之间的道义和法则

5

悲与愁，总是潜伏在生活的四周

它们在等待魔王的指令，它们的最终目的是
将幸福与欢乐全部消灭，还想将众生的灵魂
掏空，而被一层薄薄的甜蜜迷惑的众生
不曾发觉危机的存在和靠近
你在莲花台上坐立不安，你穿过怀疑
穿过假象，要在魔王睡醒发令之前
抵达众生的心底，将黑色的欲念彻底拔除
将太阳的亮光播种下去

6

闯进地狱，只在一念之间
升入天庭，却需要一辈子，甚至几辈子的修行
谁都想把自己打造和包装成神灵
可选择的材料是贪嗔，是欺骗，是敌意
到最后，神灵的身影一点都没有，只留下
魔性的丑恶面孔，良知被遗失在路上
看到此情此景，你不知该说什么
许久才挤出四个字：罪过——罪过——

7

众生朝前追寻你，你却在后面跟随众生
众生往往看不见你，你却时时看得见众生
你悄无声息，护送孤零无助的生命
走出厄运的沼泽地，摆脱魔鬼设下的圈套
你用慈爱的目光，挑开漆黑的迷障
刺破坚硬的恶果，你还把汹涌而来的洪水

驯服成清清的溪流，流过舌尖，流过心灵
所到之处，春光开始发芽，茂长

8

你在乡村，也在城市，你是神仙，也是凡人
点亮心灯的人是你，拂去愚昧的人是你
填饱饥饿的人是你，带来温暖的人是你
你的身份很多，是拾金不昧的清洁工
是与歹徒勇敢搏斗的青年男子，是给孤寡老人
送去一碗热面的妇女，是把手伸给盲人做拐杖的
过路人，是跳进河里救出落水者的无名人士
是给一只流浪狗包扎伤口的小朋友，等等
你是独立的个体，也是聚合的群体

9

上眼皮是天，下眼皮是地
中间万物的疾苦与欢乐，你一目了然
你睁眼，或闭眼，都看得清清楚楚
谁也无法在你面前，把眼泪装扮成笑声
上嘴唇是善，下嘴唇是爱
中间形形色色的真与伪，你一语道破
你张嘴，或缄默，都弄得明明白白
谁也无法在你面前，把非改成是，把曲改成直

第二辑 城里的月亮

猎　物

在城市森林里，我拼命地奔跑
把冷嘲热讽甩到一边，把风雨甩到一边
从白天跑到黑夜，从春天跑到冬天
不曾歇息，不曾喊苦，不曾抱怨
只为追逐梦中那只诱人的猎物
只要打到那只猎物，我就能摆脱贫困
就能给母亲买厚厚的衣服，就能给爱人
买优质化妆品，就能赢得生命的荣耀
就算坚硬的水泥路咬破脚底板
就算前面布满谎言的陷阱，我都义无返顾
可没想到，我还没追逐到那只猎物
就已成为别人的猎物，周围无数个黑色的枪口
齐刷刷地对着我的胸膛

归　来

大雁把天空飞瘦，他依然没有归来
他赚到的钱，全部塞给城市的诱惑
他获得快感，赔掉青春年华
他饮进美酒和潇洒，也饮进黑色的毒素
他用霸气征服对手，美女用温柔的虚情制伏他
他穿戴名牌，而唇角的粗野
彻底暴露他的卑微，他经常醉生梦死
多次想扳倒城市，醒来，倒下的是他自己

村头的柳树，长得很高很密
最终被秋风横行扫尽，她欲哭，可无泪
她把季节从这头背到那头，脊背渐渐弯下去
她的美貌，被生活的艰辛和贫困吞噬
她一只手托着老人的晚年，另一只手托着
孩子的未来，她在那片倾斜的山地
挖出一家人的温饱，挖出人生的酸楚

她将恨这把尖刀，深深地插进结婚证
他没感觉到痛，她却痛得夜夜难眠

他若归来，她要挖出他的心，看是什么颜色
还要拧着他的耳朵，到祖先牌前跪着思过
还要割开他的血管，用他的鲜血补偿这个家
后来，他真的归来了，是装在一个木盒子里
被抬回来，一阵哀哭，两行清泪
是她对他最后的恨和惩罚

她叫李佳

如果不是叛逆，她就不会翻出校园的围墙
如果不是网瘾，她就不会荒废高中的学业
如果不是消沉，她就不会断送大学的美梦
如果不是渴望，她就不会南下进工厂打工
如果不是弱小，她就不会被主管任意摆布
如果不是寡言，她就不会被服装老板开除
如果不是饥饿，她就不会到建筑工地干活
如果不是诱惑，她就不会睡到男人的床上
如果不是痴情，她就不会怀上所谓的野种
如果不是爱恨，她就不会从高楼上跳下来
如果没有这些如果，悲剧就不会发生
她，离开了，而相似的故事还在人间延续
对了，她叫李佳，是一个人，也是一群人

一只小鸟飞到窗口

窗外阳光明媚，屋里一片冰凉和黯淡
我点燃几个生动的词语取暖，可转眼就熄灭

一只小鸟不知从何处飞来，在窗外焦急地鸣叫
用翅膀不停地拍打防盗钢筋和涂满黑烟的玻璃
起初以为它想进来跟我争夺碗里不多的米粒
可我把米粒拿到窗台，它竟然不看一眼
后来我明白，它是把我当成一只囚禁的同伴
想把我从钢筋和水泥筑成的笼子里解救出去

它的翅膀依然在不停地拍打，不肯罢休
我认真地对它说：兄弟，省省力吧，没用的
我就算能摆脱身子的牢笼，也摆不脱心灵的牢笼
我就算能摆脱城市的牢笼，也摆不脱生活的牢笼
它这才黯然神伤地飞走，留下一声叹息

留　名

我把名字写在城市的街道上，转身
就被密密麻麻的人群踩碎，还被开了罚单
说我乱涂乱画，扣上不文明的高帽

我把名字写在沙滩上，还没离开
就被一个海浪冲刷得干干净净，正想重写
另一个海浪已把自己彻底吞没

我把名字写在秋叶上，才写一半
就被一阵狂烈的西风卷走，我把秋天
翻了个底朝天，仍不见一点影子

我把名字写在出租屋的墙壁上，终日
不见阳光，长得面黄肌瘦
最后还被房东揪出来，狠狠地批了一顿

从此，我不敢在外面随意写自己的名字
只在梦里，流着眼泪，把它写在故乡的掌心上

城里的月亮

她是从故乡的方向赶来，脸上
清晰地印着母亲焦急的神情
我还来不及抱住她，她就被霓虹灯
追赶到那座高楼的背后
就像白天看到的，一个卖炸洋芋的妇女
被一群穿制服的人追赶到小胡同里
后来孩子怎么哭喊，都不敢再出来

我从建设路跑到人民路，又跑到东风路
都没再看见月亮的身影
回到阴暗的出租屋，翻读李白的《静夜思》
诗行是湿漉漉的，目光是湿漉漉的
乡愁是湿漉漉的，整个夜晚是湿漉漉的
梦里，我好几次听到伤心的哭泣声
是诗人在哭，还是月亮在哭，我怎么都
没能辨别出来

流浪汉

睡在路边，冷与热随他调遣
他的胡子跟我的一样茂密，头发比我的长
却比我的脏，他看我时，发现他的眼眸
比我的清澈和明亮，我想迅速逃离
脚步却不听使唤，我把他从上到下
阅读了一遍，没有一点陌生感
我确信，他是上辈子和我走散的兄弟
我欲言又止，不敢认他，我怕被
世俗的毒箭射死，怕用虚伪架起的自尊
就此倒塌，趁他不注意，我绕进一条小巷
继续在孤独的内心世界流浪

房东来敲门

日夜辛劳粘贴起来的宁静，经不住
房东的手轻轻一拍，纷纷被惊落
满地都是破碎的梦壳

房东，每一次到来都带着强烈的震感
每一次离去，都会留下一片
怎么也抹不去的余悸和愁思

一颗心落在别人的巢穴里
不管多强大，不管多有激情
终究繁衍不出幸福和甜蜜

奉上房租，奉上从无奈中挤压出的微笑
换来一段身子都转不过来的
狭窄时光，以及带刺的千叮咛万嘱咐

可以更换房屋，更换房东
可在属于别人的这座城市
怎么也更换不了自己框定的身份

我把自己弄丢了

走着走着，就不见了自己
剥开这座城市的外壳，我不停地
寻找，在流浪歌手的吉他瘦弦上
我找到自己的一对耳朵
在盲人乞丐的破碗里，我找到自己的
一双眼睛，在一条臭气熏天的河流里
我找到自己的鼻子，在一口枯井里
我找到自己的嘴巴，在一台机器上
我找到自己的双手，在一个泥塘里
我找到自己的双脚，在下水道里
我找到自己的肠子，在别人的脚底下
我找到自己的脊梁，在一把菜刀的冷笑里
我找到自己的肚皮，我用眼泪，用鲜血
把它们粘在一起，它们总算团聚
而留下的裂痕怎么也抹不去，最让我着急的
是至今依然没有找到自己的魂儿，我夜夜喊魂
回应的只有那些满街疯跑的寒风

侯志锋的故事

侯志锋，出生于广西的一个偏远山区
他说了好几次家乡的名字，我都没记住
只知道那里出产贫穷，以及他不幸的
人生岁月，他才几个月，父亲便撒手归去
家里的冷暖和饥饱，如同几座高山
压在母亲瘦小的肩膀上，日子在山梁上摇晃
他母亲吞进去的黑夜太多，他读初中时
被他的父亲叫去做伴，寒风把窗子吹破
把他梦想的翅膀折断，他卖掉家里所有能卖的
东西，用无奈，用孤单，用茫然
把青涩的少年打包，抵押给远方

我和他同参加一个写作培训会，同被安排于
一个房间，这里是传说中的五星级宾馆
食宿费全由主办方承担，否则他不敢
靠近半步，高昂的费用，要流无数汗水
要受无数屈辱，才能支付，设施的高档和豪华
把他的浅薄和自卑，逼得无处可藏

夜已深，时间已疲倦，他没有睡意
我也没有睡意，躺在舒适的床上，我们睁着眼
他剖开黑暗，取出生死、辍学、漂泊、打工等
弱不禁风的词，轻轻地触摸，没有痛
他对经历的曲折和风雨，总是轻描淡写
似乎与自己无关，我的叹息显得有点多余

在南方的城市，他把故乡埋在身体的最深处
戴着高度近视眼镜，他爬上爬下，跑出跑进
依旧没能逃出命运的囚笼，重活脏活，他都做过
现在他是一名保安，保护着他人的生命和财产安全
而他始终活在各种恐慌中，他用一层薄薄的尊严
保护着一颗易碎的心，生命已高出四十岁一大截
可他还没娶妻生子，他说：一个人吃饱全家不饿
他住在枯瘦的文字里，用虚构取暖，用诗意疗伤
对未来，他没有什么规划，他的到来，他的离去
繁闹的城市不会察觉，只会忽略不计

小人物

人们在狂欢，在举杯高歌的时候
他们已悄然隐退，退到生活的幕后
当人们陷入困境，城市病倒的时候
他们又毅然站到第一线
在城市的辉煌篇章里，他们只是标点符号
我不知道他们的名字，也不知他们来自何方
他们只是小人物，他们用手中的扫帚
扫去人们的不文明习惯，大街小巷
在他们弹奏的乐曲里欢快地起舞
他们把自己洁白的身子，泡在下水道
一阵阵恶臭灌进他们的鼻孔和心扉
他们没有退缩，他们每挺进一小截
城市的精神和活力就会增强一大截
头顶的安全帽给不了他们安全感
他们爬到高高的楼顶，却始终
活在人们很低的目光下
他们用血汗筑起城市的繁华和人们的幸福
他们扛着阳光，烤热一个个美梦
唯独自己的那张板床还一片冰凉

他们把青春放进机器里，把人生交给流水线
他们把白天和黑夜颠倒，只为
在寒冬到来之前能把温暖生产出来
他们的晚年吱嘎作响，风一吹就会坍塌
他们用别人扔掉的空瓶和废纸，填充每一个
空荡荡的日子，他们把一只流浪狗
把一名弃婴带回家，把一个轻生的女子
从死亡线上拉回来，让那些一直
自以为很了不起的人物，被囚禁在
惭愧的牢笼里，无法转身
他们真的很小，小到连一个名字也没被人记住
他们又很大，大到随处都能看到他们的身影

陌　生

天还没有亮，城市一箭把我射出去
直到天黑，才落在故乡的掌心
中间看到五起车祸，乡愁侧翻在地
红色的血涂掉归家的路线
故乡，就在眼前，就在脚下
可我的目光打不开出走时的记忆
我的脚步走不稳，每一脚都踩空
南坝河的水不再清澈，白色垃圾盗走
儿时埋下的童谣，盗走人们的美梦
那条曾经撒满欢笑的田埂，被杂草霸占
一起打闹的伙伴被生活驱散，有的在广州
有的在北京，有的在缅甸，有的在阎王那里
很多亲切的面孔，被定格在黑边相框里
张二家的大黑狗冲出来，对我穷追不舍
它小的时候我还抱过它，还给它吃过骨头
它现在却把我当作陌生人，不怪它
岁月总在翻新，或被装修，一切都会变

天还没有亮，故乡一箭又把我射出来

直到天黑，才落在城市的脚底板下
中间又看到六起车祸，梦想侧翻在地
红色的血涂掉生命的航线
城市，就在眼前，就在我的头顶
可我的目光打不开一扇门，我高高地
举起双手，可够不到一盏属于自己的灯
行走在霓虹灯闪烁的街道，我像瞎子
平常坐的公共汽车已改道，我在旧站牌处
等来无休无止的寒风，以及无尽的迷茫
给几个朋友打电话，有的欠费停机
有的不在服务区，有的呼叫转移，有的不接
一座座拔地而起的高楼，拦在前面
我回不到隐藏在城市夹缝中的出租屋

站在城市的手背上

1

纵横交错的街道，网不住匆忙的脚步
在交叉路口，我常常分不清方向
一只脚踩在自己勾画的梦想里，另一只脚
踩在母亲的担忧和牵挂里，每天清晨，我都会
把一颗滚烫的心，交给这座熟悉而陌生的城市
晚上收回来时，已经完全冰凉
我不想去质问这是为什么，因为得到的答案
也是冰凉的，我用肚子里的眼泪，去黏合
被谎言划开的伤口，我用忍耐去缝合
我与城市之间的沟壑，以及距离

2

阳光被寒流赶跑，我不敢抬头望这座城市阴沉的脸
他心里压着很多烦恼，这时谁惹他，谁就会倒霉
我想找一个词，活跃一下紧张的气氛，同时，抹去
他难看的表情，可没有一个词敢站出来，我只好

往后退，我把窗子关紧，把房门关紧，把心关紧
在微弱的灯光下，打开一张旧照片，打开一段乡愁
一股温暖，从记忆的源头走来，让死去的理想复活
让枯萎的生命重新抽芽，可我的王国还未升起旗帜
一阵狂风就开始来侵略，它攻破窗子，攻破房门
唯独攻破不我的心，但一切的美好都已经
被拆散，被夺走，我想哭，但哭不出来
最后，弯下腰，收拾眼前满地的无奈

3

给母亲打电话，我把城市的繁华和亮丽，通过电话
填进她的耳朵，填进她的心里，把城市的冰冷和无助
埋藏在自己的体内，怕她担忧，怕她深夜失眠
同样，她把乡村的宁静和幸福，通过电话
填进我的耳朵，填进我的心里，把关节炎的疼痛
埋藏在自己的体内，怕我难过，怕我无法安心工作
但彼此所有的伪装，都被不经意间的一声叹息揭穿
只是还没等把对方埋藏着的部分挖掘出来，紧接着
一阵强装的笑语声，反而把那部分埋藏得更深
挂断电话，母亲埋藏在自己体内的疼痛，还是
全部转移到我的体内，而我想，此时她同样如此

4

高楼间，我常常找不到出路，也找不到自己的身影
我的目光喜欢在高楼上攀爬，可每次都摔得很惨重
从一个个窗口里流泻出来的灯光，奔进我的心里

把好不容易才稳固的乡思，再次冲得七零八落
流浪歌手的琴弦上，跳动着一串长长的忧伤
过往行人的脚步，始终匆匆，不屑一顾
我正要转身离开，不知谁从高处的阳台上
扔下一个空矿泉水瓶，砸在我的肩膀上
把尊严彻底击碎，夜里，城市翻了一下手掌
我的梦，跌进一潭深深的失落

雨中街头速记

大雨突降，煮沸所有的街道
人群如蚁，乱成一团，四处躲藏
汽车的喇叭，一个比一个凶，有一种
吞噬对方的架势，疾驰而过的一辆轿车
溅起一道浑水，打在骑自行车的一名女子身上
女子破口骂了一句脏话，而轿车已不见踪影

一名年轻男子，理着阴阳头，打着红伞
在叫卖火龙果，一句男音，一句女音
先后有一男一女，各买走他的一堆火龙果
雨越下越大，他把没卖完的火龙果，装回纸箱
抬上架子车，连同夜色，拉着，消失在人群中
他摆过火龙果的地方，随即有人占领，卖桃子

卖衣服的一对情侣，急忙抬着挂满衣服的架子
跑到立交桥下面，怕雨水浇灭青春的火焰
女的守着衣服，男的去附近买来一盒卤鸡翅
你喂我一只，我喂你一只，不知是哪个人
在不远处撒了一滩尿，臭味扑鼻而来
他和她若无其事，依旧吃得津津有味

北京的阳光与寒风

沿着梦想，在一个冬天抵达北京
一片阳光打开被黑夜关住的门
温暖从祖国的心脏流出
喜悦争相绽放，白鸽的翅膀
把蓝天驮得很高，一群人围捕到
放养数百年，甚至数千年的
文明与繁荣，围着炉子，烤吃

依旧沿着梦想，在一个冬天抵达北京
季节留不住树上的绿叶
寒风截流血液与激情，一粒种子
不曾放弃睁开眼睛的任何机会
另一群人还没抓住春天的尾巴
或宽或窄的胡同里，或长或短的街道上
都能见到，他们奋力奔跑的身影

结果，是阳光把寒风追翻
还是寒风把阳光追翻，就看
谁跑得快，谁跑得持久

楼上装修

机器的轰鸣声，割开清晨的时光
好不容易养肥的梦掉进去，再也不见
拆散的生活，也许会重新装修得更美
可昨日的阳光，昨夜的月色
已经被彻底覆盖，面对一堵雪白的墙
谁还能淡定自如，谁还能高歌一曲
旧屋被出卖，善心被囚禁
留下一堆被送往垃圾站的愁绪

不归的灵魂

少女的遗像，挂在小旅馆的门上
阳光停落在离她不到一米的地方
前面摆放着的花圈，燃烧着的白蜡烛
烧剩的半袋冥币，插在馒头上的三炷香
在护送，或安慰一颗不归的灵魂
悲凉撞击着这座城市的脊梁

她两天前的晚上住进这家小旅馆，被杀
凶手，杀人动机，都成为谜
旅馆老板害怕承担责任，不知躲到何处
翻越数百座大山赶来的亲人，瘫软在地
哀哭锥心，可唤不回飘远的灵魂
很多过路人，绕道而行

这座城市人流滚滚，谁的流逝都不会
停止或放慢高速运转的生活和欲望
闪动着青春之光的灵魂，今夜能否
归回属于自己的那座大山上

花圈无语，蜡烛无语，冥币无语
三炷香亦无语，尖锐的汽车喇叭声
呼啸而过，撞碎无力的追问

感　冒

鼻孔出卖身子，无数病毒
吞噬活力和笑容，天空有点暗
喷嚏，让五脏六腑来回摇动
让高楼来回摇动，不动的是这座城市的心

抓几片药，服下，药不苦，苦的是虚弱的时光
头像被锤子敲打过的疼，而比头更疼的
是被城市的夜，挤压得不成形的乡愁
咳嗽，一阵接一阵，咳出的全是惆怅与失落

咳　嗽

一声接一声，落满血丝
落满城市的蔑视，使劲压着胸口
把咳嗽挤回体内，不敢惊扰
他人的美梦，更怕引来风的指责
缩在角落，把脸憋红，把肚子憋胀
不知是谁，在背后戳了一下
努力就此白费，一阵咳嗽声
把房屋震得东摇西摆，担心砖头砸下来
伤到城市的主角，赶快用身子护着
仔细一看，砸下来的是自己的骨头
伤到的是自己的五脏六腑和最后一片尊严

立交桥下

暴雨把一群人追赶到这里，他们没有
别的退路，他们习以为常
生活的围堵，他们常常被困住
头顶的汽车，吼叫着穿过风雨
撕裂他们的耳朵，撕裂他们的笑容
掌心残留的温度，扶不稳颤抖的命运

暴雨终于放行，可黑夜已张开大口
他们依然没有别的退路，他们习以为常
路灯扫不去心头的黑，他们躲在暗角
磨亮自己的骨头，在别人的脚底下
捡到几粒带刺的米，咽下去，卡在脖子里
成为无尽喧闹中的失语者

老小区

城市的繁华，被生锈的铁门，阻挡在外
汽车的喇叭声，把小区鞭打得遍体红肿
贫穷、残弱、孤独，这样的身影，或在移动
或在侧卧，或在呻吟，或在凝望
小偷从不光临，且都是绕道而行，物品
从未丢失过，丢失的只有曾经的美丽时光
被旁边高楼剪去一半的阳光，无法抚平生命的
皱痕，污水常常流进来，把院子里的
最后一点香气剥夺，一群野猫上蹿下跳
没有找到一点荤腥的食物，最后无奈地离去
前几天，一位老人死在屋子里，等被人发现
已经过去七天，这条消息还上了电视
可她的子女，依然不知去向，她的尸体
被拉到殡仪馆，她的屋子一直空着，风把窗玻璃
吹落下来，碎片把人们的梦，划得伤痕累累

路边的蒙娜丽莎

他的左手，被一场灾难夺走
他的右脚，被另一场灾难夺走
街道为纸，生活的酸甜苦辣为颜料
描绘人们在尘世中走失的笑容和风景
他的笔尖蘸着阳光，蘸着路人的同情与敬佩
还没等城管的脚步赶来，蒙娜丽莎就穿过岁月
穿过国界，站在这座城市比较偏僻的路边
他的额际挂满豆大的汗珠，一个城里的小女孩
掏出纸巾，给他擦汗，同时，擦去卑微
擦去命运的不公，擦去这座城市的冷漠
他微微一笑，以示谢意，他脸上的笑容
与蒙娜丽莎的笑容，一模一样

一座楼倒下

早上出去，它还在晒太阳
它是我回到住所的标记，不知道
它的肚子里住过什么人，藏过什么故事
晚上回来，它已经倒下，只剩下一堆废墟
站在它面前，内心的呼唤再也扶不起它
不远处，守工地的老头，紧紧地盯着我
怕我偷走它摔得弯弯曲曲的骨骼
我不想解释，有些误解就像我眼里的忧伤
永远也说不清，我知道，不久的将来
会有一座更高大更漂亮的楼，在原地拔起
可我没有丝毫的欣慰，这座倒下的楼
就是我命运的真实写照

牙疼记

美梦才开始，就被剧痛切成几瓣
时间是午夜 1 点 36 分，翻身起床
在抽屉里找到几片止痛和消炎的药，服下
几只野猫在外面叫春，把宁静的夜撕裂
不知有多少人的睡眠，从裂口中流失

迷迷糊糊，就要抓住美梦的尾巴
剧痛再次侵袭，时间是午夜 4 点整
泡一杯从老家带来的草药，安慰那颗牙齿
寒风在窗外乱窜，不知今夜盗走多少人的灵魂

起来打开电脑，有几个 QQ 好友的头像还亮着
他们或许被失眠绑架在黑夜深处，或许被寂寞
垂挂在电脑上，或许跟我一样，被剧痛
追赶起来，我没跟他们打招呼，去农场和牧场
逛了一圈，收获一堆虚幻的财富

与小虫子同居

喊不出它们的名字，只认得样子
从书桌的这头爬到那头，又爬回来
翻过我的手臂，我立即停下打字
怕把它们抖落，更怕惊吓到它们
这房子租来之前，它们就生活在里面
它们是主人，我只是侵略者，或同居者
我没有理由驱赶它们，消灭它们
我买来的食物，常常被它们吃掉
它们还帮我吃掉孤独和惆怅
哪天它们不出现，或出现晚一点儿
我就很焦急，有失魂落魄的感觉

城市里的公鸡叫

被关在铁笼里，旁边摆着
一个大碗和一把磨得很锋利的刀
它的鸣叫声一次次传出，又被高楼
弹回来，摔成碎片，它的呼救
穿不透坚硬的下午时光

它用哀求的目光看着我
它会不会是乡下母亲丢失的那只公鸡
我挣扎好几分钟，不得不赶紧
离开，门后有一名男子很不友好地
盯着我，就是他把公鸡关在铁笼里

乡村里的公鸡叫，天就亮了
城市里的公鸡叫，天就黑了

午夜有女在哭

整幢楼的梦，整个小区的梦
被哭声惊醒，平常上蹿下跳的
那群野猫，被吓得大气都不敢出
入睡前，我看了一部鬼片，这哭声
跟影片中冤死女鬼的哭声一样，恐慌
落了一床，我想逃，可怎么也推不开夜

哭声撞击着午夜的胸口，裹着的悲伤
不亚于孟姜女哭夫，不同的是她的夫君
没去筑长城，也没去远方，就在她旁边
不停地吼叫和恶骂，感情捅了一个大洞
幸福随眼泪漏下来，被黑夜
悄无声息地捡走

太阳挣脱夜的掌控，忙碌的脚步
继续在生活的喜怒哀乐里奔走，小区内
不见午夜的哭女，只是遇到的每一个人
眼睛都很红肿，好像哭过的是自己

服务员的命运

脸上的笑容，被目光挑来拣去
有善意，也有恶意，泪藏在笑里
笑着笑着，青春就滑落，摔成碎片

双手伸进冷水，隐于生活的幕后
洗白碗和碟子，却洗不白心中的黑夜
洗着洗着，生命就泛黄，飘飘欲坠

弯着腰杆，头埋进别人的脚底下
扫去垃圾，而斥责和谩骂越扫越多
扫着扫着，自己就被扫到门外

第三辑

误闯的蝴蝶

在黑夜的边缘

把忧伤的词语屏蔽，把惊恐藏到背后
没人知道我在想什么，一如我不知道
这座城市在想什么，在马路这边，我看到
有些人把一只脚伸进酒杯，一只脚伸进
一首首走调的流行歌曲，等待黑夜把自己灌醉
微弱的路灯，拉不住落进各种欲望的脚步
狂欢与寂寞，在体内激烈斗争
谁也不甘落后，一支烟熄灭，只剩下一堆残骸
把胸口压得生疼，流浪汉踢翻空饮料瓶
声音很响，他感到很自豪，就像踢翻追赶自己的恶狗
疯狂的摩托车上载着一段疯狂的爱情，闪电般穿过
后面撒落一地的誓言，但每一句都是干瘪的

残荷，夏天的尸骨

专门饕餮美景的镜头已缩回去，各种惊叫声
被关回喉咙，虚伪的红蜻蜓，已飞走
留下一堆苍白的誓言，湖面沉寂
残荷，比秋风还冰凉，立在季节的脑门上
有人在背后偷偷地说：它是夏天的尸骨
昔日有不计其数的爱慕者，无人前来追悼

匆忙的脚步，把诗意踩得稀烂
雨水的哭声，淋湿残荷破旧的梦
诗人回到家，整夜辗转难眠，写出的诗句
湿漉漉的，来年，残荷沉下去的地方
又冒出一片更大的绿叶，一朵更大的红花
诗人才把诗句晾干，这时，远去的人又都跑回来

误闯的蝴蝶

菜花，被三轮车运到菜市场
蝴蝶，跟着菜花飞到菜市场
菜花的最后一小撮花粉，抖落在喧闹中
蝴蝶的倩影与舞姿，在冰冷的秤盘上
没有重量，春天被堵在铁门之外

蝴蝶不停地扇动翅膀，逃不出
高楼的阴影，看到少女的花裙子
它以为回到了家园，猛扑过去
差点被少女逮住，捏成肉泥
出出进进的脚步，踩碎它的呼喊

蝴蝶被追赶到腐烂的菜叶子里
臭味钻入她的鼻孔，封住生命的出口
她的身体变僵硬，而翅膀依然保持
飞舞的样子，她被清洁工扫除
运到垃圾站，处理得一干二净

空　巢

鸟影消失于冬天的谎言，空荡荡的耳朵
再也捕捉不到清脆的歌声，行色匆匆的人们
手里提着没有温度的红灯笼，赶往一个方向
谁也不知道，那个方向会遇到什么
枯叶被风卷进空巢，不管吮吸多少阳光
都无法孵出有点色彩的梦，高高的树枝
不愿再托举掏空的躯壳，不断摇摆抗议
树的主人也觉得碍眼，转身拿来长长的竹竿
将空巢打落，疼痛撒了一地，怎么也扫不完

送葬队

鞭炮声开道，唢呐声指引，生命再次启程
花圈是旗帜，时光驾着清风来迎接
穿着红衣服的七名女性，一路敲着腰鼓
又唱又跳，欢送一位老者进入另外一个世界
孝女的眼泪被阳光擦去，孝子的脊梁匍匐成桥
没有过多粉饰的忧伤，没有过多矫情的留念
来，或者去，都可以带着欢乐，来到世间的人
总有离开的时候，最后在原地等了很久，很久
依然不见送葬队回来，去了哪里，谁也不知道

昆明西山，不再痛

美好的时光，生命的情缘
陷进血写的魔咒，西山般沉重的痛
把每天的阳光和每夜的梦，压得喘不过气
幸运的灵魂在彼岸欢笑，无辜的灵魂在此岸哭泣
中间隔着魔鬼汹涌的咒语，让欢笑走不近哭泣
也让哭泣走不近欢笑，海誓山盟
就此断裂，落下的碎片，把一个人的单思念
划得血淋淋的，可转移的思念没有回望

穿过五年的痛，穿过漆黑的魔咒
再次登上山顶，把一段不值得收藏的记忆
彻底撕碎，扔进五百里滇池，让它永世不得翻身
红彤彤的太阳，从孙髯翁的长联中升起
把全新的幸福之花，映照得光彩夺目

路过屠宰场

一股股血腥味，把刚刚收藏的阳光全部冲走
一阵阵惨叫声，如钉子般钉住我的脚掌，钉住我的心
一辆货车装满牛，有高的，有矮的，有胖的，有瘦的
有纯黑或纯黄的，也有花斑的，它们的目光望着我
它们就被拉进屠宰场，随后就传来一阵阵惨叫声
冲来一股股血腥味，我赶紧逃离屠宰场
可怎么也逃离不出，那一股股血腥味和一阵阵惨叫声
夜里，我梦见被一群牛追赶，面孔很熟悉

蚊子的谎言

一只蚊子在蚊帐外，哭着说自己很孤独
我打开蚊帐放它进来，想和它谈谈心
进来后，它说已三天没吃东西，肚子很饿
我毫不犹豫地伸出手臂，让它吸一口血
吸了一口它还说饿，我就让它吸第二口
第二口吸完还说没饱，我就让它吸第三口
第三口吸完它终于不再喊饿，静静地落在枕边
我问它为何要吸血为生，它说自己还没吸过血
今晚是第一次，我是它第一个吸的人
我问它能否以后不再吸血，它满口答应
我跟它谈善良，它说自己一直把善良托在左翅上
我跟它谈仁慈，它说自己一直把仁慈托在右翅上
我跟它谈义气，它说自己一直把义气放在心窝里
看来它真的是一只可信的蚊子，就让它与我同眠
到半夜，我被疼痛折磨醒，把灯打开
看到全身上下都是红点点，都是它留下的罪行
我想找它算账，想问问它为何这样做，才发现
它把黑夜咬开一个很大的洞，早已飞走

母鸡与大蟒蛇

在同一个铁笼子里，大蟒蛇鼓着圆溜溜的肚子
在做美梦，母鸡在拼命地吃着米粒，咽下恐惧
它知道，大蟒蛇醒来之时，就是自己
永远睡去之时，它试图用翅膀，去推开
希望之门，可残酷者已经把它置于死地

大蟒蛇每次翻动身子，母鸡都会惊跳几次
它将成为大蟒蛇的口中食，它知道生命的结果
它痛恨时光走得太慢，每一秒都如尖刀
深深地刺进它的心脏，疼痛无人能看到

大蟒蛇的肚子慢慢瘪下去，美梦被饥饿戳破
得意地张着血盆大口，向母鸡靠近，再靠近
此时，母鸡没有半点惊慌，更没有哀哭求救
它静静地站在原地，有一种如释重负的感觉

住在三楼的老鼠

费尽所有的力量，费尽所有的心思
爬进三楼的房间，以为钻进了幸福里
没想到这是噩梦的开始，白天房间里总有人
夜晚窗子外面，总有一只野猫伺机扑进来
它想出去，却没有机会，也找不到出口
冰箱里有美食，可它不敢靠近，眼看着
就要老去，而只能孤独地面对危机四伏的日子
它梦见和一只漂亮的母老鼠成亲，正要入洞房
就被惊醒，睁开眼睛，看到主人提着一根棍子
从左边过来，一只野猫张开大嘴，从右边过来

断　桥

在这头，找到一只左脚的鞋子
在那头，找到一只右脚的鞋子
放在一起，谁也不认识谁，彼此
怀着敌意，河水把时光冲破一个大洞

在这头，找到一串悲伤的哭声
在那头，找到一串欢乐的笑声
放在一起，谁也不再出声，彼此
保持沉默，夕阳在枯树后面无可奈何

在这头，找到一堆发亮的誓言
在那头，找到一堆黯淡的谎言
放在一起，谁也不愿认输，彼此
大打出手，雄鹰驮着蓝天远走高飞

墓中人

一堆黄土，留给世间的遗言
怨恨、情仇、无赖、敌意
彻底腐烂，功绩与德行
在墓碑上伤怀，山风不屑一读
尘世被隔断，在土里敲响
抵达天堂，或地狱的大门
不管曾经有多高大，有多英豪
如今都已无法把头，再从大地里伸出来
纸做的花圈，圈不住岁月行走的脚步
荒草，从头盖到脚，没人能辨识
昨日的容颜与体貌，每年清明
亲人来烧一沓沓厚厚的冥币，而这些冥币
已无法买到生命的回程车票

秋雨，谁的泪

这场雨，下了很长，长得无法测量
因为这场雨，许多诗句是湿漉漉的
许多愁绪是湿漉漉的，枝头的最后一片叶子
载不动日夜积累的思念，街道上
一阵风追赶另一阵风，可始终没追到
一个身影，一闪而过，留下空空的等待
一把伞，挡不住寒意，脚步落到哪里
哪里就落下惆怅的种子，将脆弱的心包围
才烘干的故事，还没放进盒子
就再次被淋湿，谁哭得如此伤心，没人应答
拉下秋天的帘子，照镜子，发现
这场雨，原来是从自己的眼眸里流出来

血　痕

尖刀，或铁锤，或别的凶器，已不见身影
红色液体，从悲剧里流出来，一路延伸
腥味将人类文明掩盖，长长的血痕里
各种仇恨在厮打，友善在旁边哭得很伤心
谁也没有去劝架，也没有谁去安慰哭泣者
大家的脚步，比之前行走得更快，过后
证人无处可寻，无辜的继续无辜
狂暴的继续狂暴，太阳并没有缺少谁而变黑

小干鱼

还未听完海的故事，还未了解
海有多深，有多广，贪欲的大网
就把生命匆匆带走，皮肤上的水
身体里的血，被太阳的针管抽走
被风的舌头舔干，海的呼唤，跌倒在岸边
背鳍，臀鳍，尾鳍，胸鳍，腹鳍
再也无法推动时光，鳃盖紧闭
嘴也紧闭，唯有两只眼睛，还睁着
怎么也看不透，微笑下面隐藏着什么
被翻过来，又被翻过去，躺过的地方
留下一块很大的冤屈，印在大地的胸口
蓝天看得见，流云看得见，可谁也没理会
一锅油，在翻滚，在狂舞，它的周围
聚集着一群手拿刀叉，或筷子的人

一滴血

从一根大拇指上落下，囚禁着
幸福的歌谣，囚禁着春天的消息
疼痛，从黑夜的这头蔓延到那头
刚缝补好的梦，再次裂开

这一滴血，把生活染成暴力
把岁月染成腥味，和平的使者
调遣所有的河流来清洗，可无济于事
哭泣声，将眼睛里的世界搅浑

这一滴血，很冷，冻坏太阳
此时，是谁割开另一根大拇指
落下一滴很热的血，拯救无辜的生灵
神说，善者已去追击恶者

斗鸡现场

两只鸡，脖子上的毛都被啄光
落下一地的疼痛，这些疼痛
把围观者的激情和欢乐推得很高
把赌徒的发财梦和贪欲推得很高
友爱，善良，团结，和谐
在现场显得很无助

一只鸡的眼睛里，布满恐惧和仇恨
另一只鸡的眼睛里，布满同样的
恐惧和仇恨，它们从台上
一次次逃下来，又被一次次
抓回去，继续生死相斗

卖鱼女

她的手指很粗壮，她的腰杆很粗壮
她的吆喝声也很粗壮，大鱼，小鱼
都逃不出她用塑料布和砖头围成的囚房
她轻轻地一用力，鱼儿的挣扎和反抗
就没有任何意义，她一面对着顾客微笑
一面用铁棒，狠狠地敲打鱼儿的头部
鱼儿渐渐地不再跳，游回大海的向往
彻底晕过去，她拿出泛着寒光的刀子
给鱼儿剖腹，然后挖出内脏，她的手上
沾满鲜血，沾满鱼儿的疼痛和哀伤
当她停下手中的刀子，鱼儿不再是一条
而是变成块状，被装进塑料袋

猫　叫

路灯与夜的抗争，暂时
告一个段落，不知谁先喊停
惊散的睡眠又回到床上
梦还没被焐暖，一声声凄凉的猫叫
破窗而入，直刺刚落地的心

白天一副乖巧模样的猫，到深夜
开始发出令人毛骨悚然的声音

清晨，双眼红肿，走出去
踩到一摊滑滑的液体
差点摔倒，一股难闻的气味
扑鼻而来，不禁呕吐，吐出来的
全是在故乡喝进去的清水

牙齿掉了

早晨起来刷牙，毫无征兆
一颗牙齿，哐当一声掉进面盆
不疼，只留下一个深深的坑
就像岁月的刀子刮过生命
牙齿掉了，嘴唇不禁颤抖

小时候，牙齿掉了，不会忧伤
一颗更坚硬的牙齿早已等候着
现在不一样，留下的坑
堆积着沉重的感伤和惆怅

往后的日子，不管吃什么
都没有味道，舌头顶到那个坑
隐隐的不安和焦急，直涌心头
感觉背后的鞭子，抽得越来越重

一道无名伤

采摘的阳光，只为赶走黑夜
可最终却被夜黑吞噬
当有情遭遇无情，心语遭遇谎言
世界失去了重心
善良人躲在角落里独自啜泣

天空中的乌云，绑架高飞的白鸽
不知是谁，出卖白鸽的动向
笑脸背后藏着阴险，温柔背后藏着冷酷
生命留下一道深深的无名伤
邪恶者在光天化日之下，狂欢

在医院

疼痛一行一行地写在脸上，医生拿着
听诊器、血压表、手电筒，逐一阅读
脸上没有任何感情色彩
病轻点儿的人被带进观察室，接受针水的
安抚，冰凉冰凉的液体顺着血管
抵达身体的每一个部位，挤占疾病的位置
病重的人则被推进急救室，或手术室
门口的亲人急得走来走去，他们的后面
死神一直在不怀好意地笑

左边的病床上，躺着一名乡村女孩
右边的病床上，躺着一名城市少妇
她们的表情，被痛苦紧紧地锁着，笑容
难以绽放，她们用目光相互关心
她们的身份之别，被白色覆盖
她们的心彼此靠得很近，只是谁都不知道
就在她们各自躺着的病床上，不久前
有两个病人一前一后，去了另外一个世界

蟑螂之死

主人不在家，屋里空无一物
蟑螂到处乱撞，撞上饥饿的铁壁
它在角落里诅咒，可诅咒还没生效
就被饥饿击倒在地，它想用美梦充饥
可美梦在饥饿中夭折，它心中的仇恨
越燃越高，有烧毁世界之势

主人归来，提回一堆好吃的食物
蟑螂使出残存的力气，奔跑过去
猛吃，很解气，它要把食物吃光
让主人也遭受饥饿的折磨
主人突然走过来，它才发现肚子
填得圆溜溜的，再也无法动弹
主人很愤怒，它也满怀仇恨
只是它的仇恨，此时已无法动弹

主人抬起右脚，踩下去，咔嚓响
一个贪婪而令人厌恶的生命，归西
留下干瘪的尸体，成为黑色的警句

罪

捕猎夹，咬住野猫的前爪
它将面临棒打、剥皮、开膛
我打算解救它，把它放回山野
主人反对我的做法，之前有好多只鸡
被它吃掉，我救它，就等于继续
酿造惨剧，我只好退缩，带着不安和纠结
我没看处置它的场景，对于死去的鸡群
大仇终于可报，恩怨在血腥中解除
它们在另外一个时空，也许已握手言和
只有我，天天被关在负罪感里
没人看到，自己又打不开

色

写下这个字，少女捂着脸跑远
把春天搞得莫名其妙

这个字被欲望磨成利剑，刺进
文明的体内，时代血流成河

狼服下这个字，随后倒在
毒性极强的恶骂声中

色即是空，空即是色
谁将其悟透，谁就能成佛

很多人不理会，把这个字别在腰间
继续大摇大摆地走向生命的禁区

佛祖一声长叹，天路咔嚓断开
地狱之神狂笑不止，寒流席卷而来

秋天的尾巴

稻壳剥开，里面没有沉甸甸的收获
没有浸染喜悦的歌声，只有一条不知名的小虫
在安睡，它把我的梦想，全部吞食
把埋在春天的瓶子挖出来，里面藏着爱情的誓言
可瓶子已被石块压破，誓言已被岁月偷走
把落叶扫开，可怎么也找不到回家的路
把星光收集，可怎么也照不亮一双眼眸
抱着一段残缺的记忆，抱着最后一线希望
呆坐在秋天的尾巴上，任西风在不远处张牙舞爪
任寒鸦在头顶指指点点，可一切终究没有消停
冬天要夺位，秋天没有任何反击的能力
只能夺路而逃，我也随着秋天尾巴的一甩
被甩到季节之外，抬头，不见喜，也不见悲

岁月间谍

公交车上，一名漂亮女子飘然而来
满车冰凉的空气，被煮沸
拴着各种欲念的目光，紧紧地
绑在她的各个部位，她静静地坐着
车子向左转，她的身子向右倾斜
随之向右倾斜的是这个早晨的时光

我坐在她的后面，陷入遐想
她应该来自神话，或传说，是误入尘俗
她的美貌，她的清纯，她的雅致
让我不敢多看一眼，怕将其碰碎
我忽然发现，她乌黑亮丽的头发间
有一根白头发，那是岁月安插进去的间谍

我惊慌失措地下车，那根白头发似乎察觉什么
对我紧追不放，一个踉跄，我跌入衰老期

不小心

太阳转身，不小心打翻墨瓶
夜跑出来，在时光的脸上抹黑

河流转弯，不小心撕开大地的伤口
所有的鱼儿，从此游走在疼痛里

花朵微笑，不小心触犯到忧伤的秋风
刀光剑影一路追来，春天不再安宁

乌鸦鸣叫，不小心泄露王者的密谋
死亡的罪名，一直无辜地背负着

游子远行，不小心丢失掌中故乡的余温
蜷缩在异乡的火炉里，梦始终一片僵硬

密封袋

或装着歪歪斜斜的脚印，或装着
秋风的闲言碎语，或装着黑夜的阴谋
有可能，还装着谁私藏的阳光和花香
架在高处，手掌在离它一厘米处，停住
不是惧怕封条的凶恶面孔，只是不想打开
好不容易封存的祸，或者福，让罪行
在孤独中死去，让过期的温暖
埋葬于尘埃，并不是坏事
打算关门离开，不知是谁在背后恶搞
密封袋被打翻在地，从里面掉出来的
全是光阴的残骸和呻吟

对影独语

从一片黑退出，又跌入另一片黑
从一种孤独逃离，又误闯入另一种孤独
灯光把影子，摁进雪白的墙，墙喊疼
狗不吠，猫不叫，寂静哽在时间的喉咙
咽下某人的名字，毒性蔓延到头顶和心尖

从一个人走向另一个人，只有影子的距离
从另一个人走回一个人，犹如无边的夜
泪水在火焰上流淌，只会灰飞烟灭
可又有什么关系呢，把河流拉长
未必能制服埋在沙漠里的干渴，谁不想生
谁不想把年轻，把纯真，把洒脱
赶回骨头和肌肉，可生命早已被出卖

床

生在上面，死亦在上面
爱在上面，恨亦在上面

床头与床尾之间，埋伏着
噩梦的手雷，埋伏着生命的机关

有的人背着床奔跑，有的人
床背着他奔跑，就看心有多重

天堂在床的左边，地狱在床的右边
翻身不当，会万劫不复

走得再远的人，最终都要回到床上
来到床上的人，最终也都要远去

鬼故事

小时候，鬼故事就像一根绳索
绑着我的任性、狂野、妄为、作怪
各种各样的鬼，从大人的喉咙里爬出来
有披头散发的，有长舌头的，有歪脖子的
有满嘴獠牙的，有缺胳膊断腿的，有无头的
我的哭闹，败给风声，风是鬼的脚步
黑夜是鬼的游乐场，我躲在被窝里
不敢出大气，不敢睁开眼，火塘边的鬼故事
冰凉冰凉的，美梦常常被惊醒，有鬼
来吸我的血，来吃我的肉，来挖我的心
来啃我的骨头，来掐我的脖子，我怕鬼

长大后，我知道鬼故事是虚构的，是吓小孩的
我不再怕鬼，我见到的是形形色色的人
听到的是许许多多人的故事，人的长相比鬼好看
还爱笑，爱精心打扮，爱说好听的话
可不知为何，我见到笑的人，会胆战心惊
见到花枝招展的人，会节节往后退缩
听到像蜜一样甜的话，会整日整夜地恐慌难安
我日益怕人，有时比小时候怕鬼还要怕

解剖黑夜

以弯月为刀，剖开黑夜的胸膛
掏出太阳的光芒，星星的哭声
掏出背叛者的卑鄙，伪君子的面具
乌鸦是黑夜的心脏，在狂躁地跳动
周围簇拥着毒蛇、饿狼、妖魔、厉鬼等
它们劫持善良的灵魂，弯月进退两难
杀死黑夜，易如反掌，而无辜者将随之陪葬
黑夜笑得更黑，弯月的白，困于生死之间
无奈，只得把太阳的光芒，星星的哭声
背叛者的卑鄙，伪君子的面具，统统地
塞回黑夜的胸膛，弯月逐渐变圆
那是刀熔化的一滴泪，一半滚烫一半冰凉

幻觉，或真实

有时觉得，比蚂蚁更小的是大象
比手掌更窄的是天空，比头发更细的
是河流，比刀剑更锋利的是一张嘴

有时觉得，比白云更白的是黑夜
比春天更绿的是冬天，比笑声更动听的
是哀哭，比毒药更毒的是一颗心

有时觉得，比冰块更冷的是阳光
比水更温柔的是石头，比灾难更不幸的
是洪福，比魔鬼更可恶的是一个人

有时觉得，别人是自己，自己是别人
有时觉得，别人就是别人，自己就是自己
有时觉得，别人不是别人，自己不是自己

这个世界

睁眼，这个世界离我很近，我离这个世界很远
闭眼，这个世界离我很远，我离这个世界很近

我把这个世界举过头顶时，它却把我踩在脚下
我把这个世界踩在脚下时，它又把我举过头顶

我爱这个世界，也恨这个世界，爱与恨同等重量
我笑这个世界，也哭这个世界，笑与哭同等时间

图书在版编目（CIP）数据

风过指尖 / 何永飞著. -- 北京 : 作家出版社，
2018.8
（中国多民族文学丛书）
ISBN 978-7-5212-0220-5

Ⅰ. ①风… Ⅱ. ①何… Ⅲ. ①诗集- 中国 - 当代
Ⅳ. ①I227

中国版本图书馆CIP数据核字（2018）第201980号

风过指尖

作　　者：何永飞
责任编辑：李亚梓
特约编辑：赵兴红
装帧设计：孙惟静
出版发行：作家出版社有限公司
社　　址：北京农展馆南里10号　　**邮　　编：**100125
电话传真：86-10-65067186（发行中心及邮购部）
86-10-65004079（总编室）
E-mail:zuojia@zuojia.net.cn
http://www.zuojiachubanshe.com
印　　刷：北京玺诚印务有限公司
成品尺寸：170×240
字　　数：128千
印　　张：10.5
版　　次：2019年1月第1版
印　　次：2019年1月第1次印刷
ISBN 978-7-5212-0220-5
定　　价：35.00元